Im Blick des großen Häuptlings sind Wind, Regen, Wolken... Im Land der Indianer füllen sich meine Skizzenbücher mit Bildern stolzer Frauen mit üppigen Formen. In meinen Zeichnungen von heute erscheinen mir die jungen Indianerinnen aus dem vergangenen Jahrhundert.

Ich liebe die Farben der Wolken bei Sonnenuntergang über den Ebenen, es sind die warmen Hauttöne der Dakota-Frauen. Meine Hand streut über ihre Körper die bebende Fülle der hohen Gräser der Savanne, liebkost vom Wind, der ihren kräftigen Moschusduft mit sich nimmt.

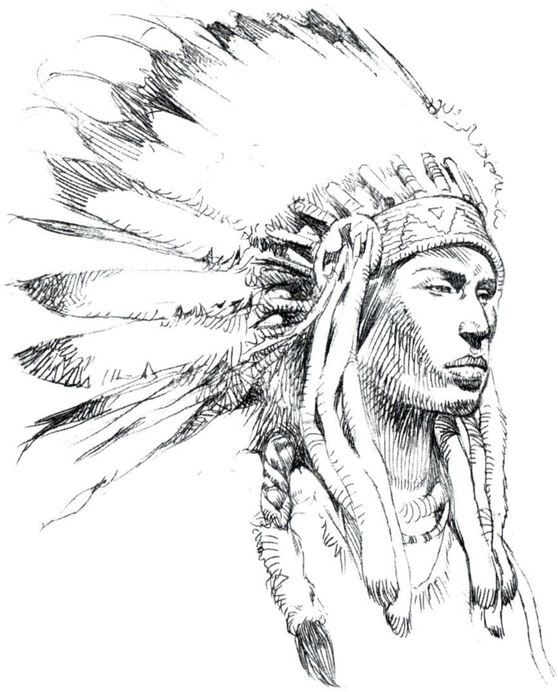

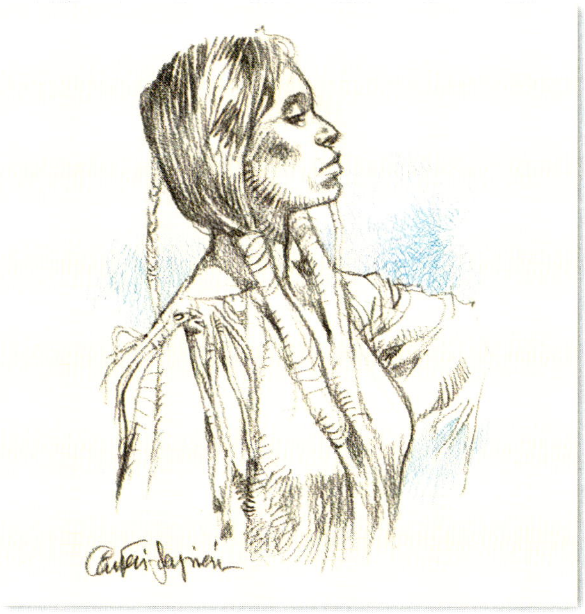

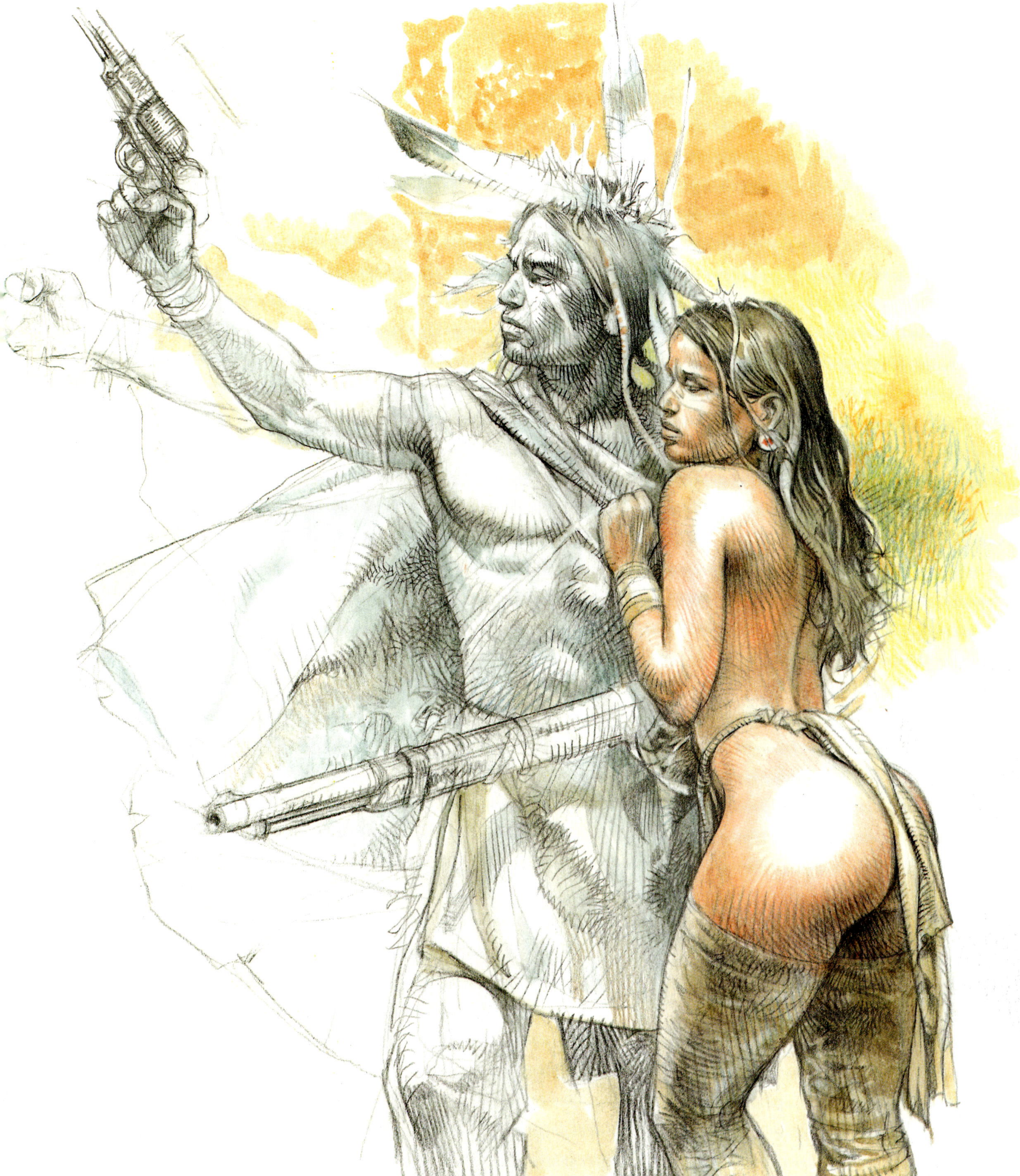

Man braucht nur ein Tipi zu öffnen und findet die Wärme der Dakota-Frauen... Und so banne ich sie auf mein Zeichenpapier. Wie schön diese Frauen sind, wenn sie den Flitter der Zivilisation ablegen und ihren traditionellen Schmuck anlegen - und noch schöner, wenn sie die Kleider von ihren wohlgerundeten Körpern streifen!

Während ich die Mädchen zeichnete, bewunderte ich ihre wilden Körper. Mit kräftigen Kohlestrichen betonte ich ihre ausladenden Hüften, ihre schlanken Taillen und ihr Geschlecht, das buschig ist wie die weiten Bisongründe ihrer Vorfahren.

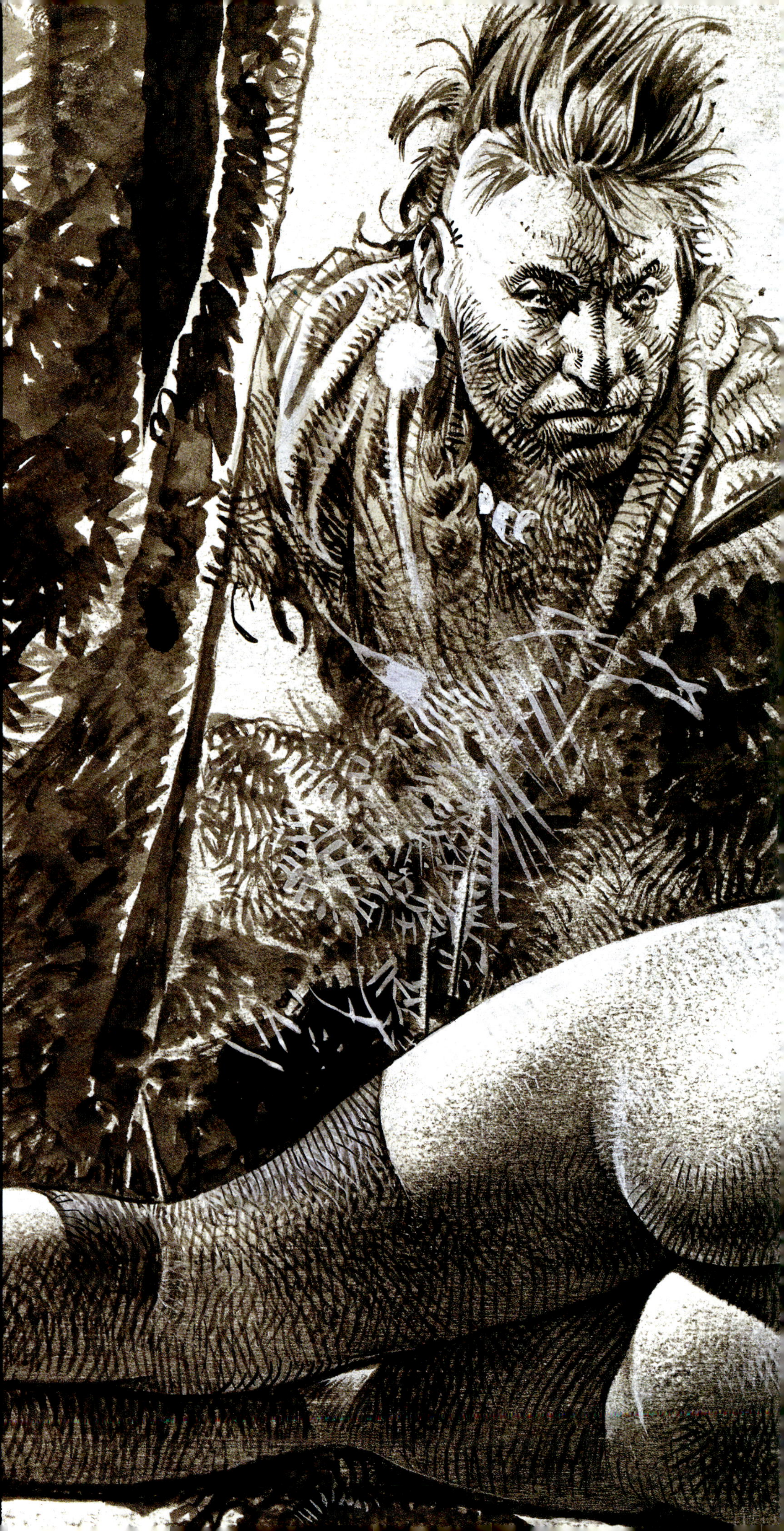

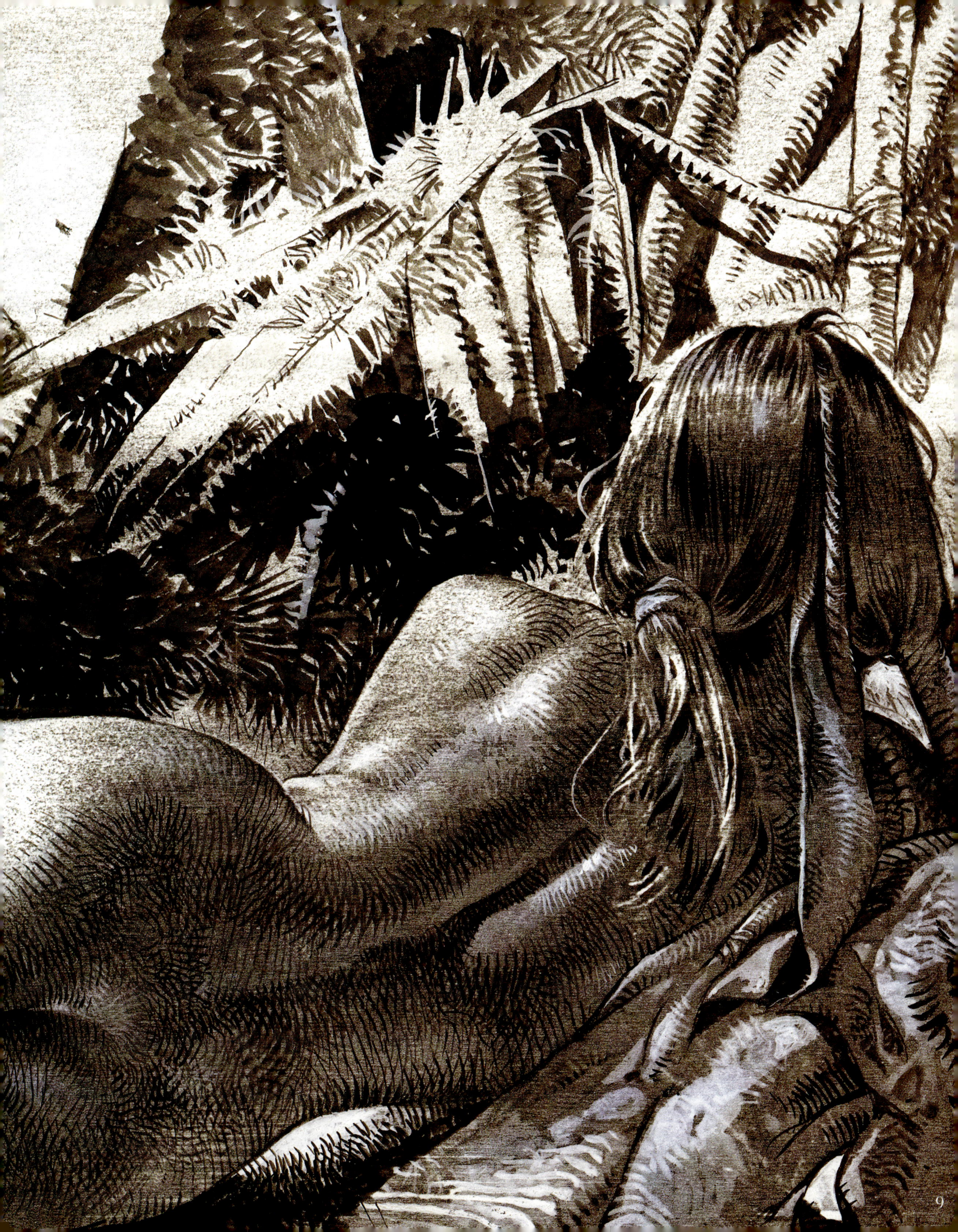

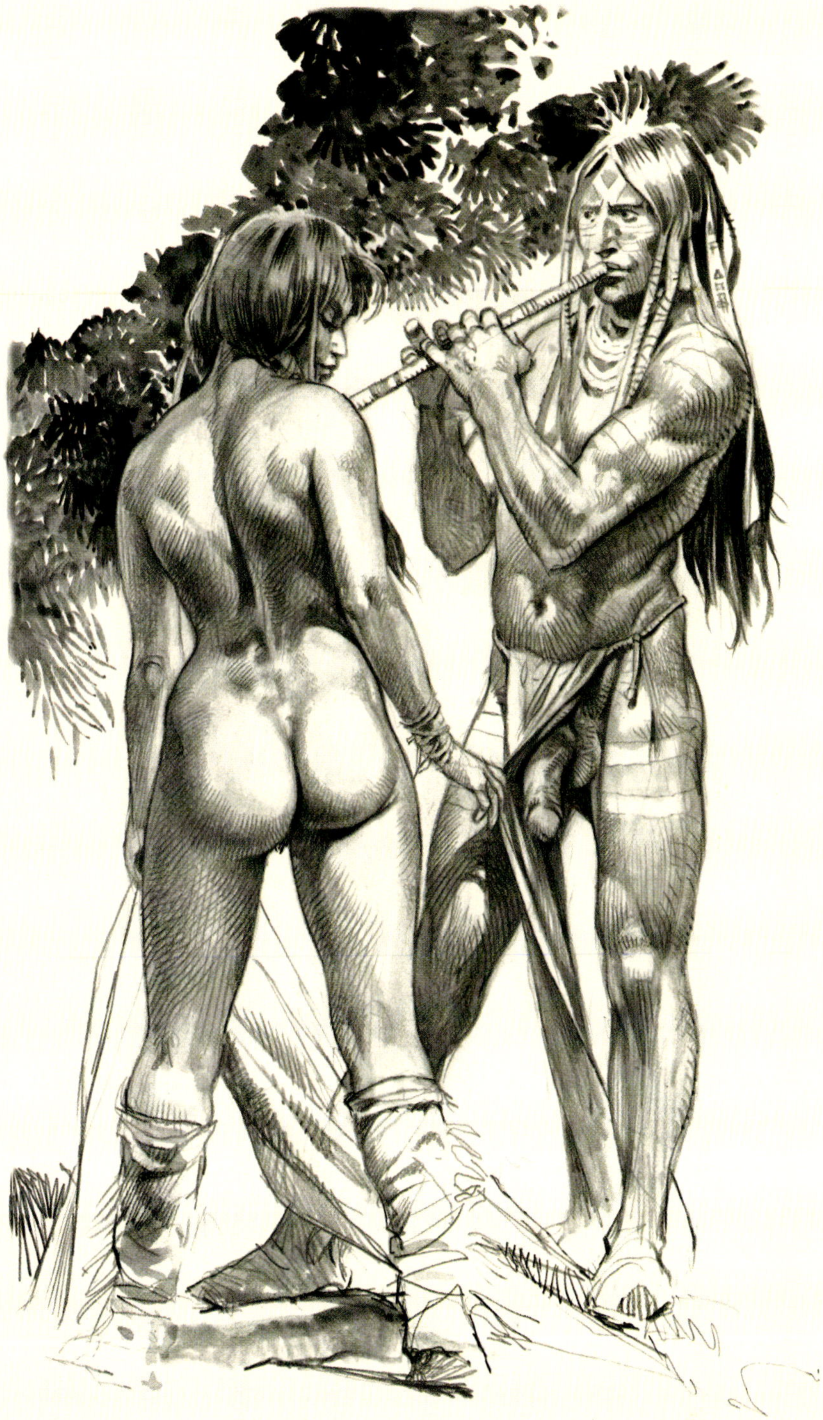

Sie zog ihr Fellkleid aus und behielt nur die Stiefel an. Dann bewegte sie sich zum Klang der Flöte, den Blick gesenkt, bewegte sehnsüchtig den Körper mit den schweren Brüsten und den durch Arbeit gestählten Muskeln. Ihre Haut nahm den Duft des bemoosten brennenden Holzes

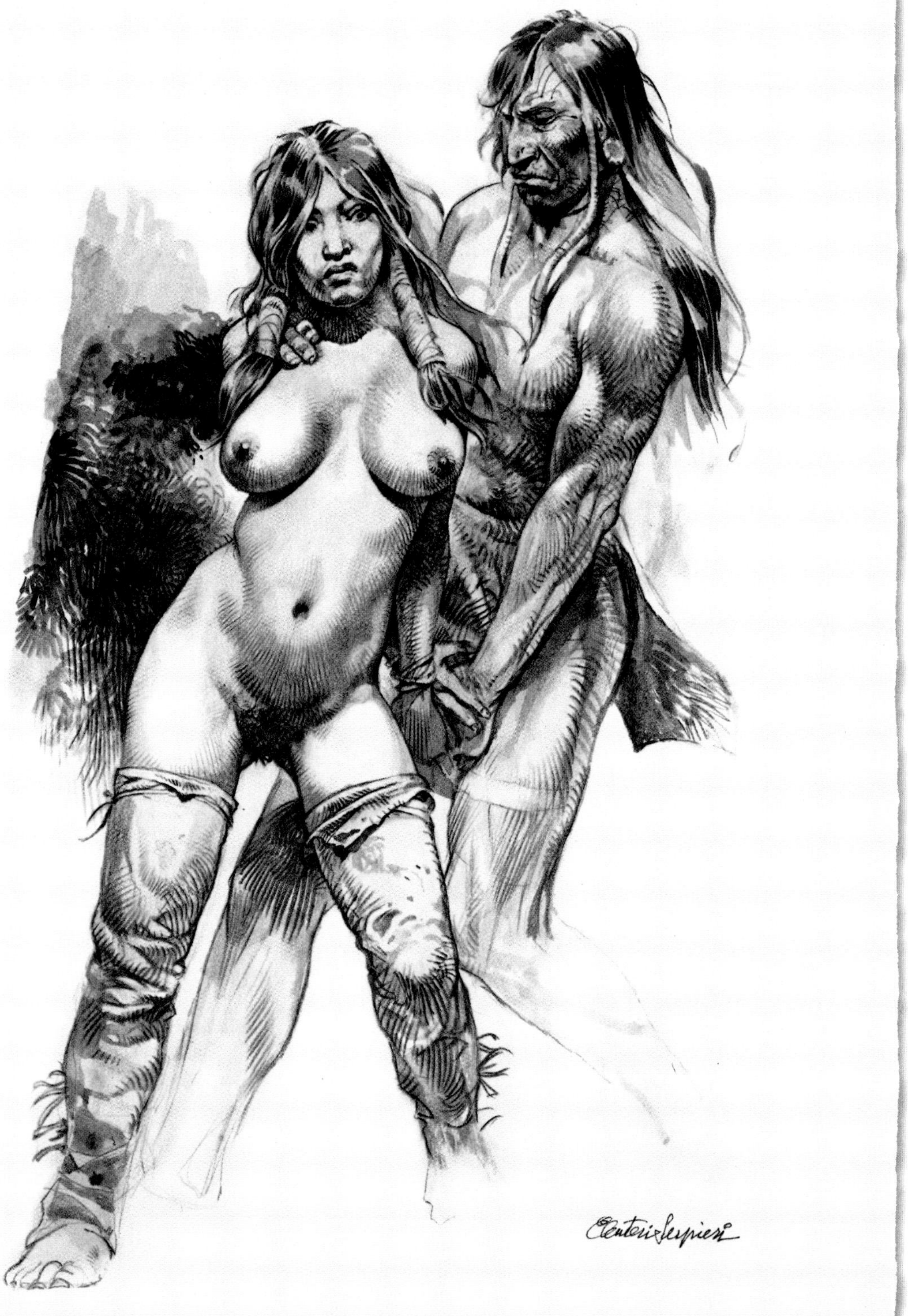

an, die Flammen zeichneten Arabesken auf ihren Körper. Die kräftigen, muskulösen Männer, die ich neben sie zeichnete, waren die Erben stolzer Krieger, die Frauen zu neh-men und ihren ungewöhnlichen Liebesspielen zu unterwerfen wussten.

Ich stellte mir Geschichten vor, wie sie die Alten vor nicht allzu langer Zeit noch abends bei der Wacht erzählten. Schwårzer Büffel hatte sie gefangen, ausgezogen, an den Händen gefesselt und besessen. Dann hatte er sie auf einen Mustang gelegt und sie im Lager

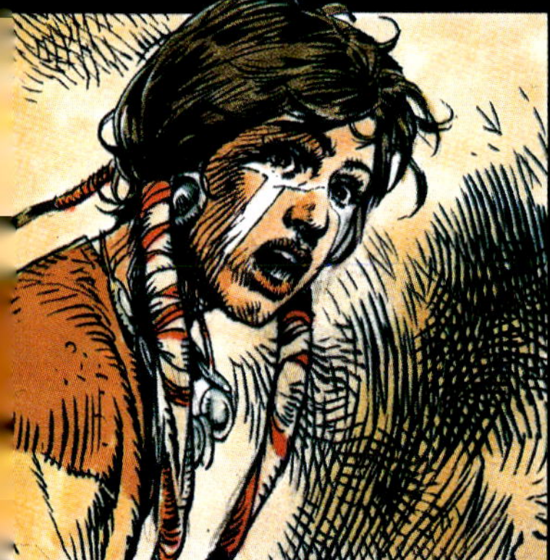

den jungen Kriegern überlassen, die sie mit langgezogenen, wilden Schreien begrüßten.

Kurz danach tauchte sie bei Fort Laramie auf, der Skalp des Großen Häuptlings troff noch von Blut.

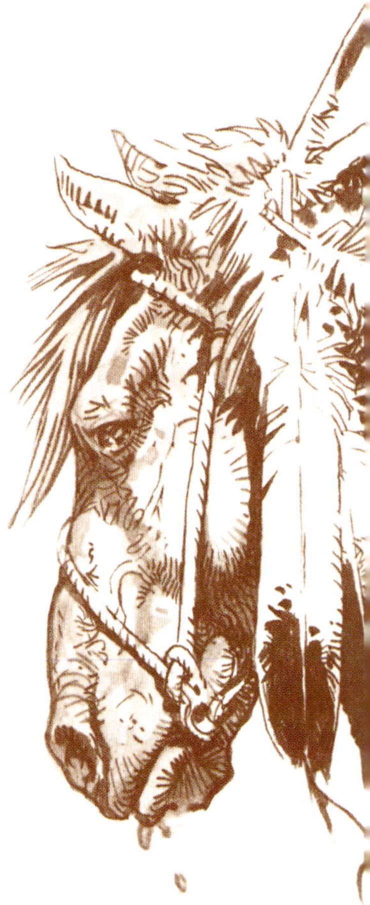

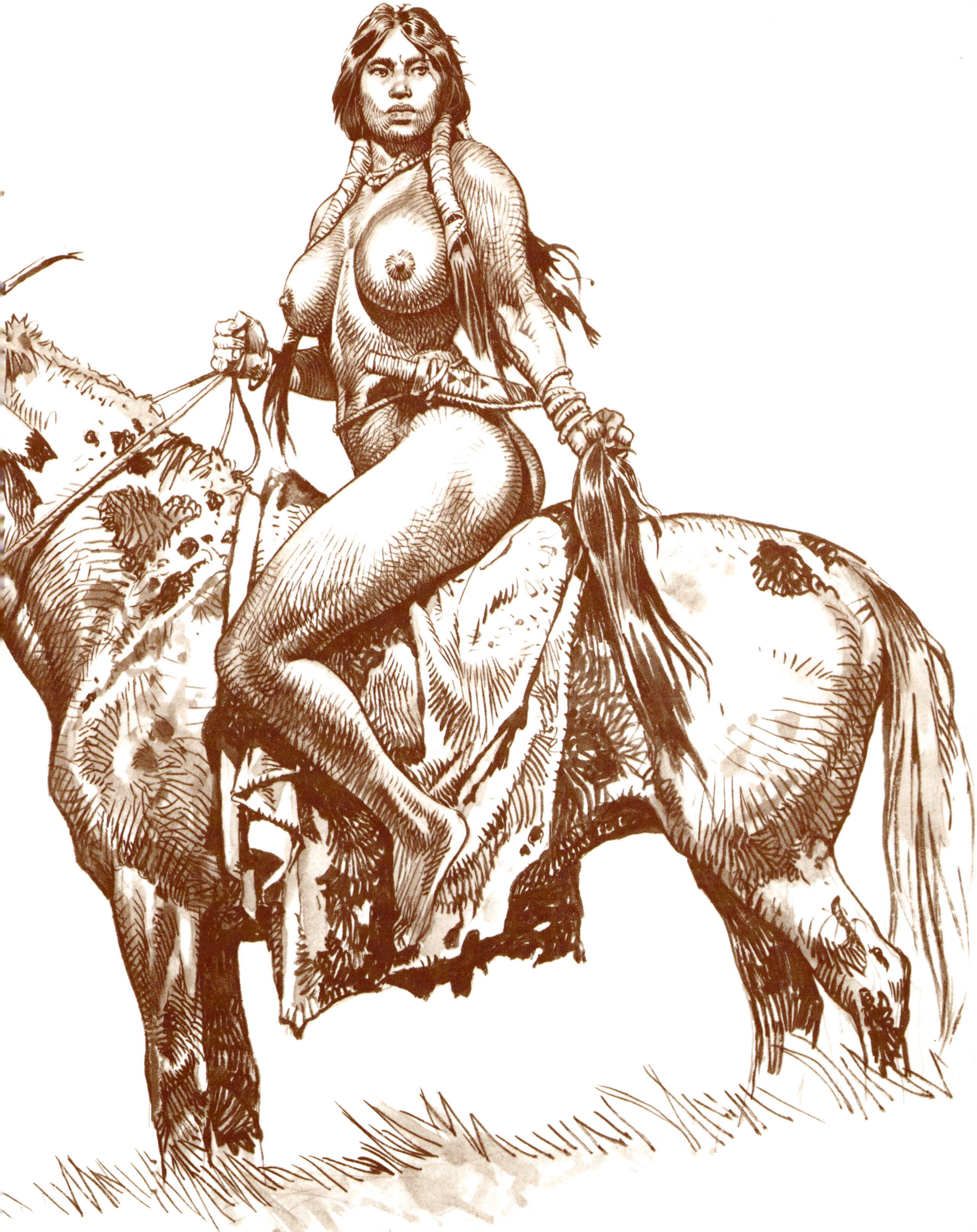

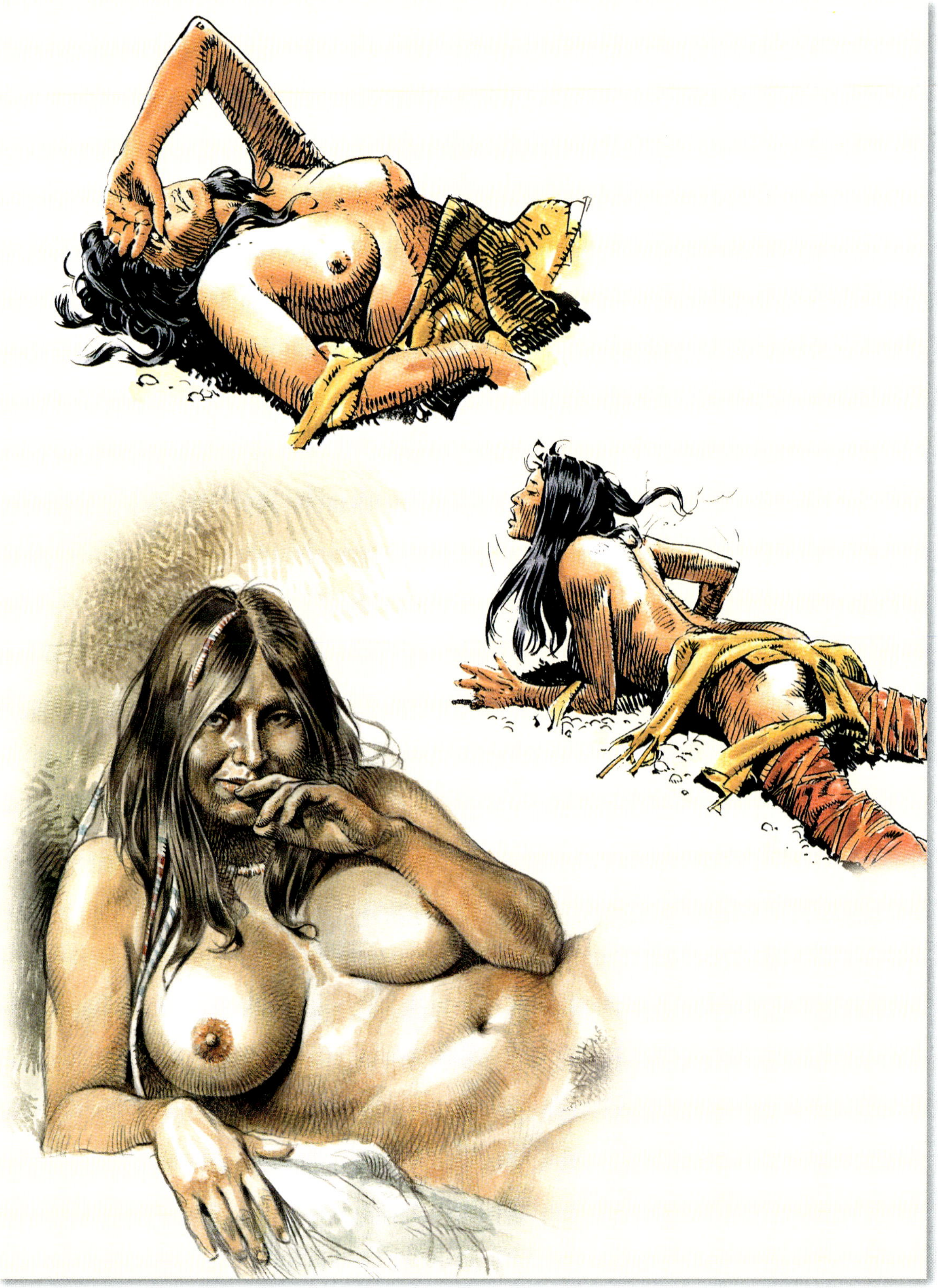

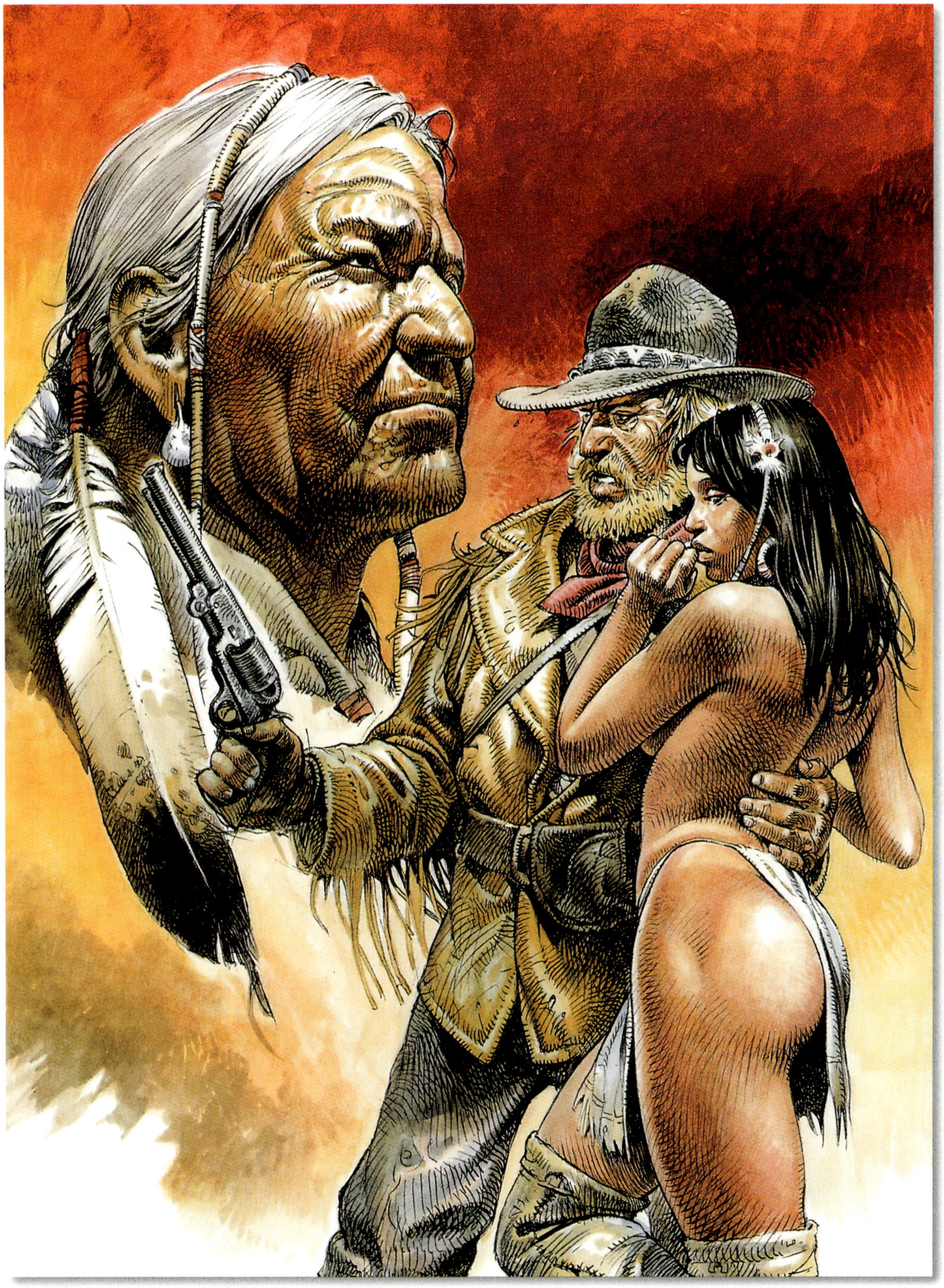

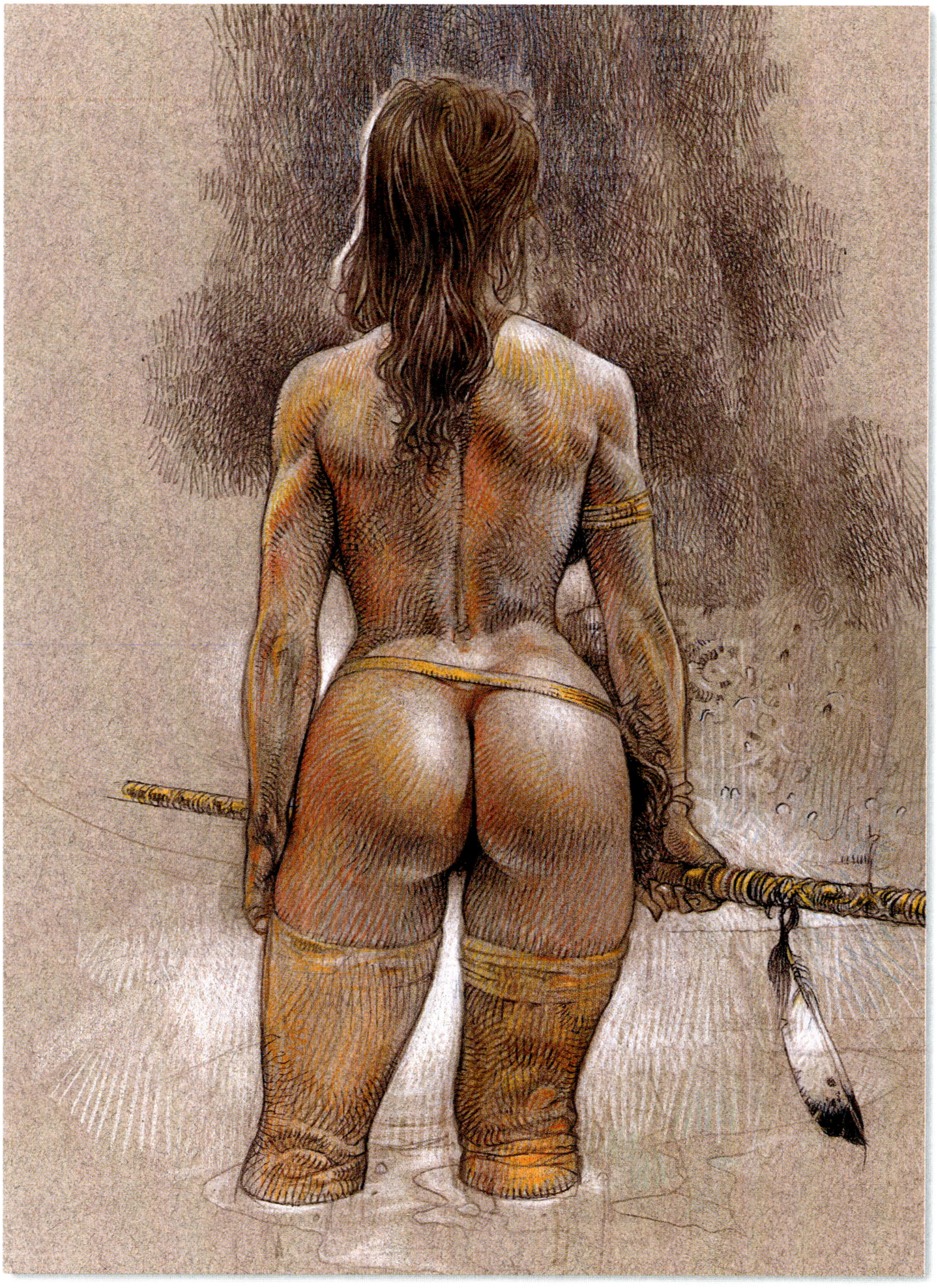

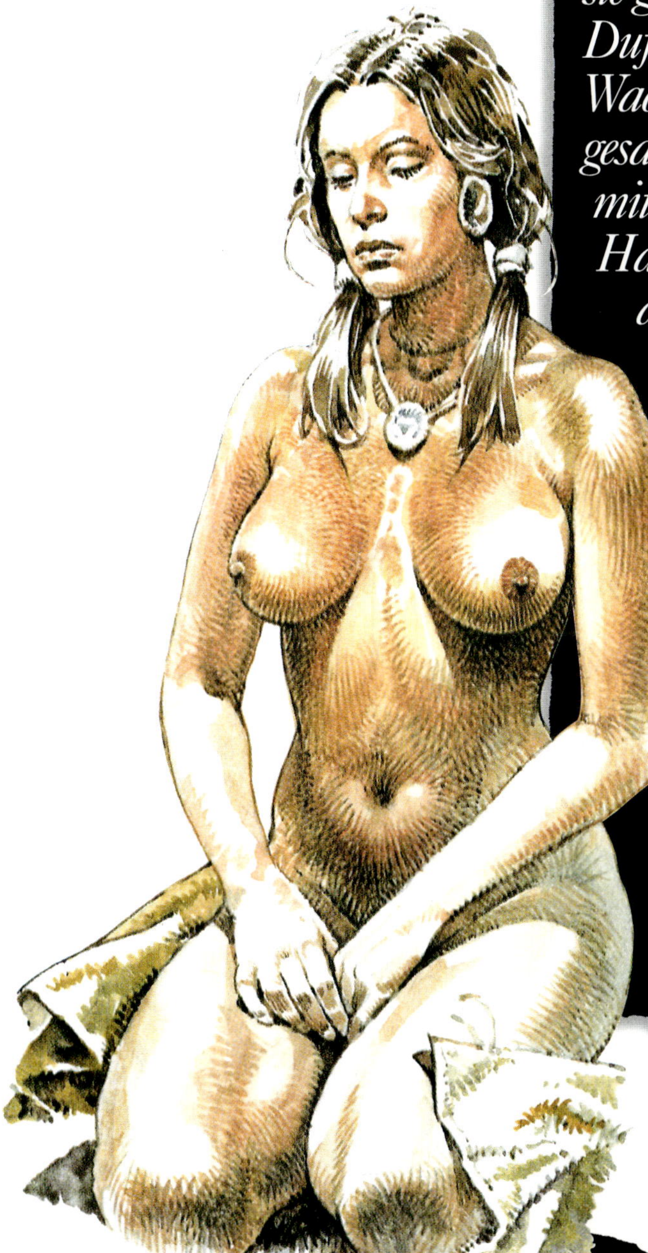

*Ich stellte sie mir sanft
und unterwürfig vor
wie diese Frauen aus
einer anderen Welt.
Die alte Squaw hatte
sie gewaschen, mit
Duftölen aus
Wachhol-derbeeren
gesalbt und
mit schweren
Halsketten
aus Türkisen
geschmückt.
Auf Knien, den
Blick gesenkt,
erwartete sie die
Zärtlichkeiten
und
Liebesspiele
des weißen
Mannes.*

Den Stift in der Hand, sah ich ihr beim Ausziehen zu. Ich zeichnete ihren Hintern, dessen Rundung mich an Mandolinen erinnerte. Sie bat mich, die Saiten zu zupfen, bis sie vor Lust stöhnte. Die spitzen Brüste, die runden Hüften, ihre Gesten und ihre Stimme erregten mich... Sie flüsterte :

"Fessele mich."

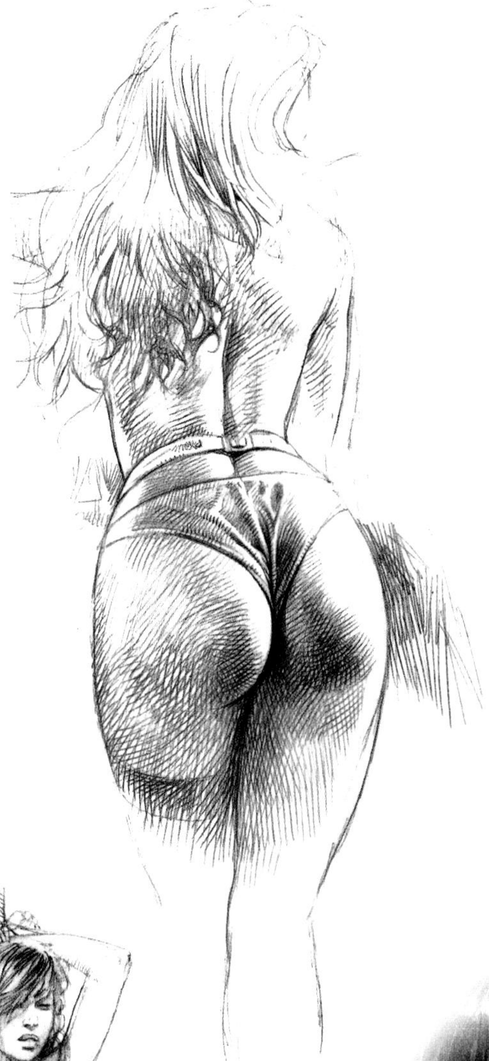

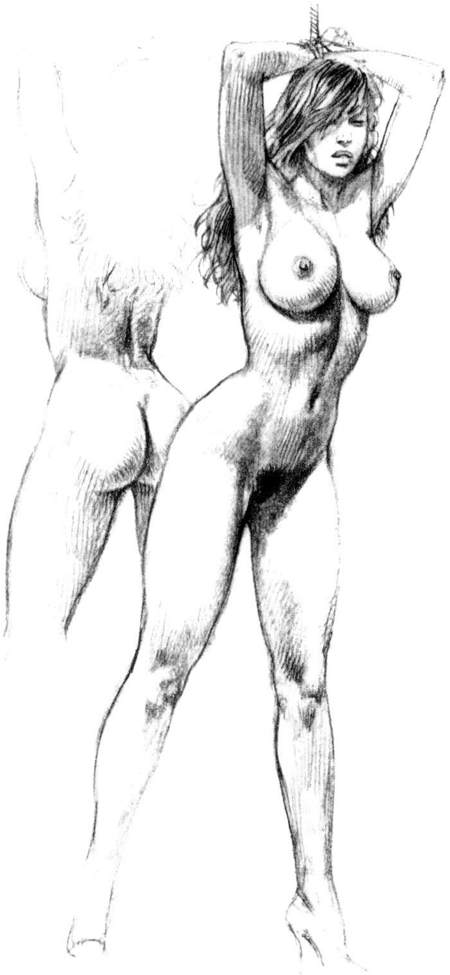

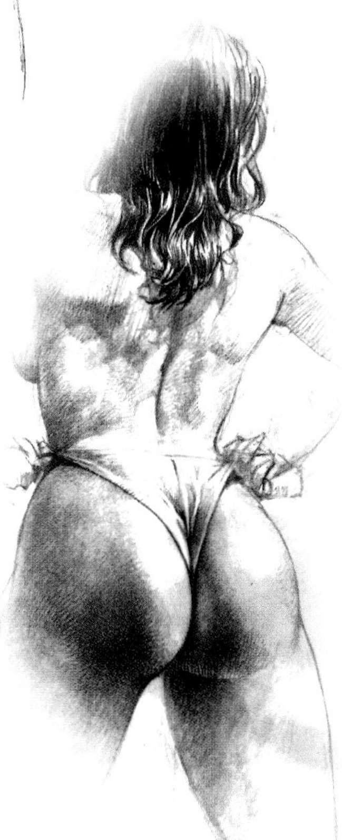

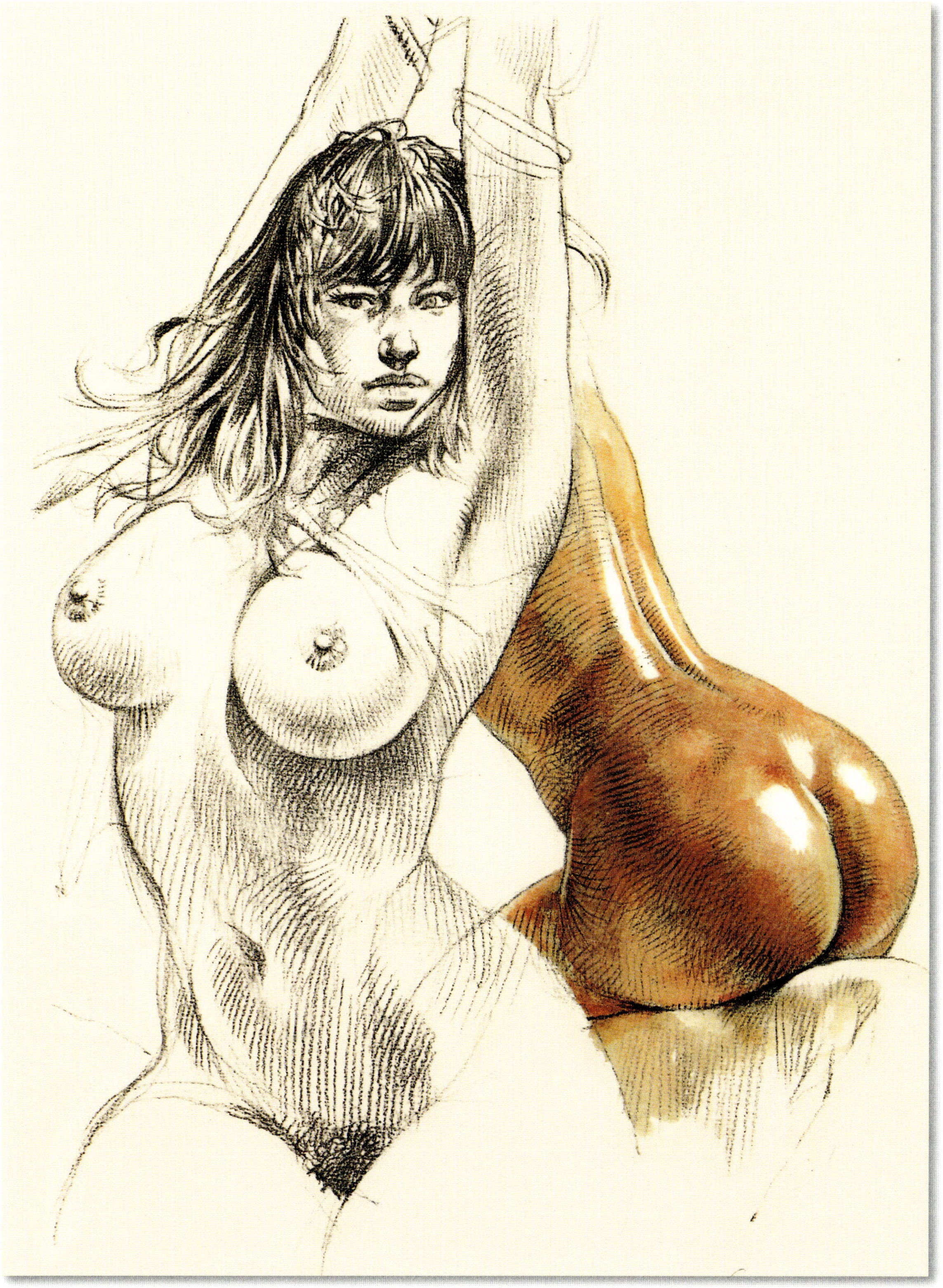

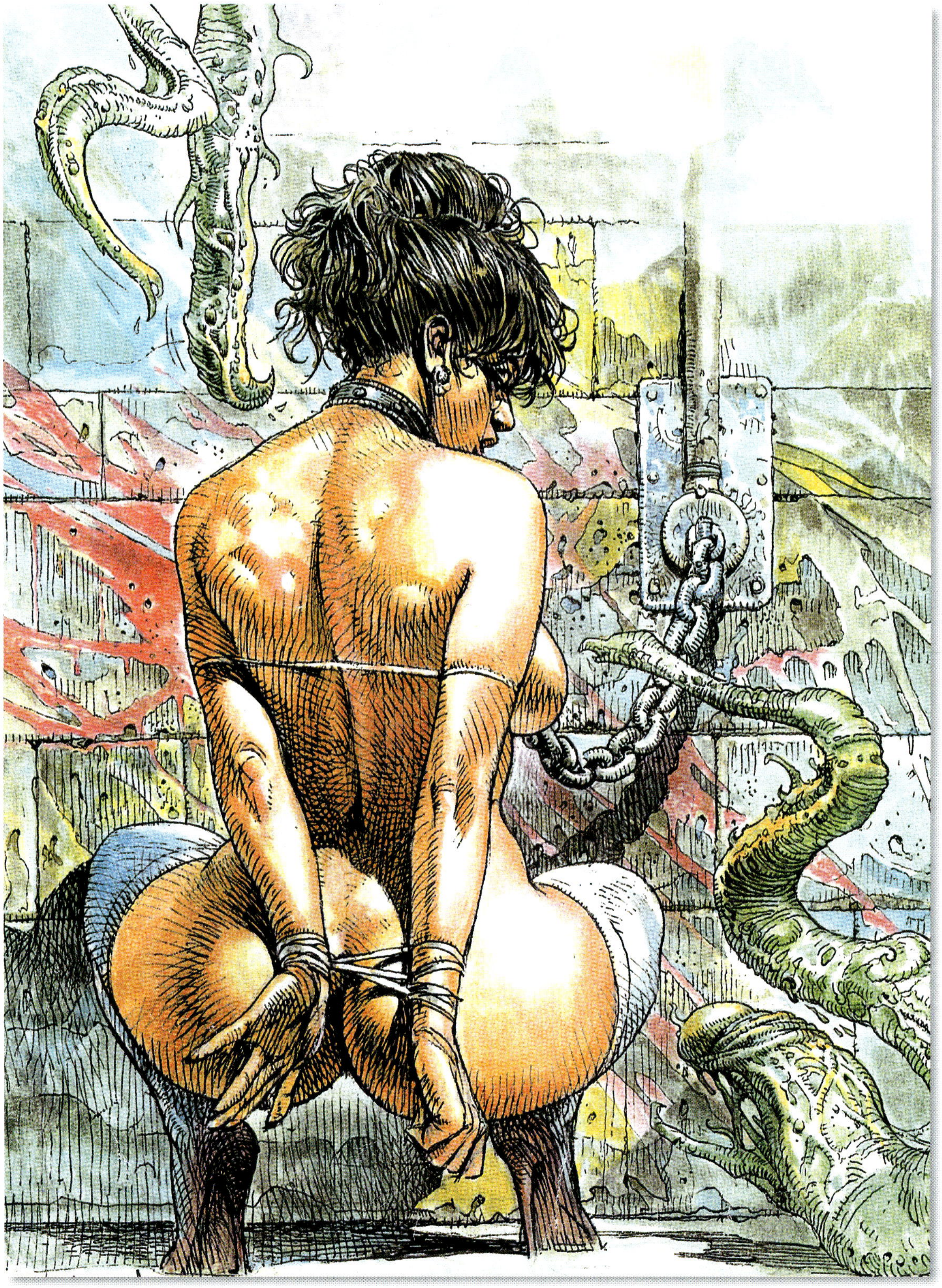

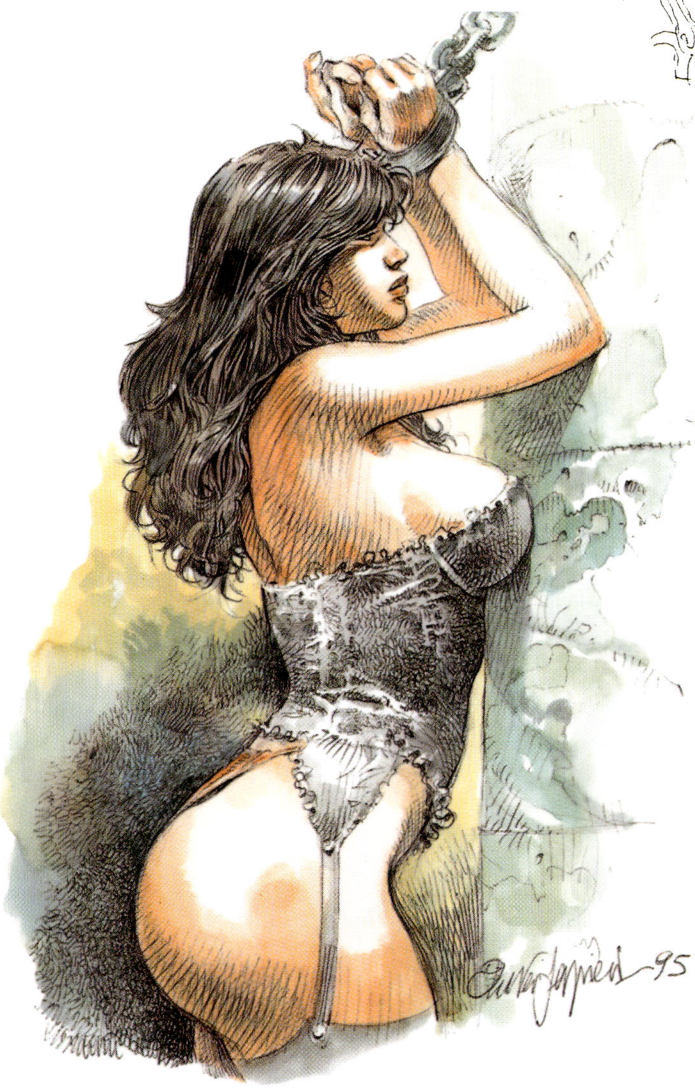

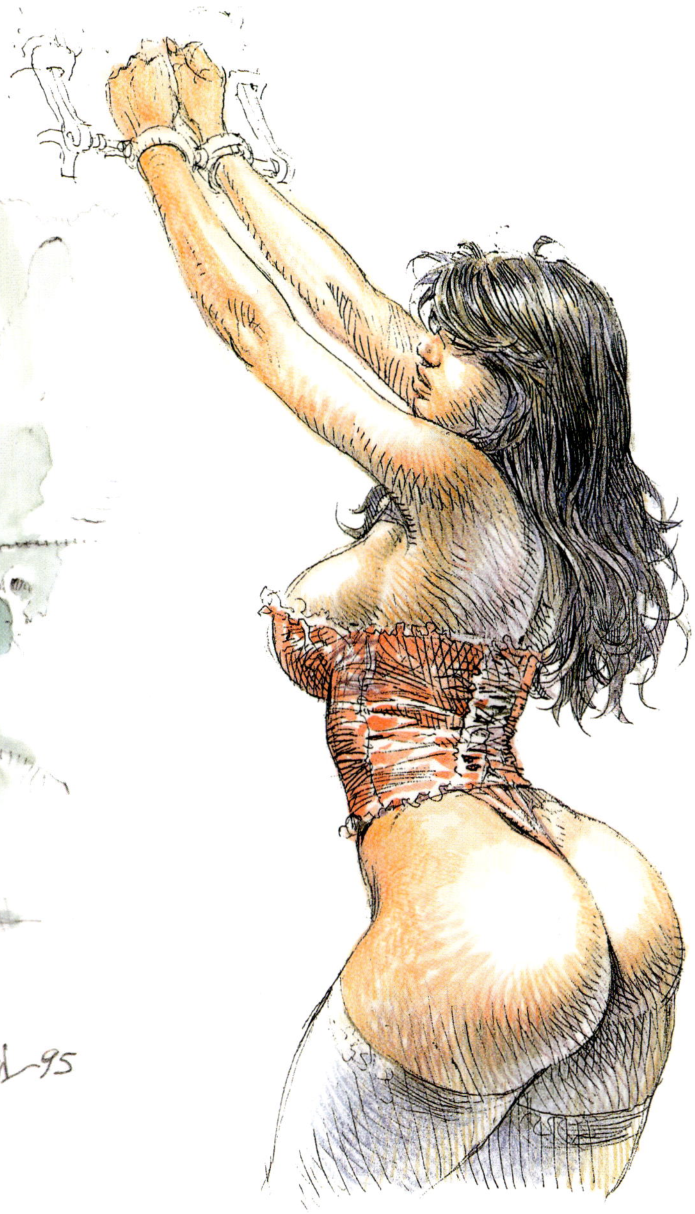

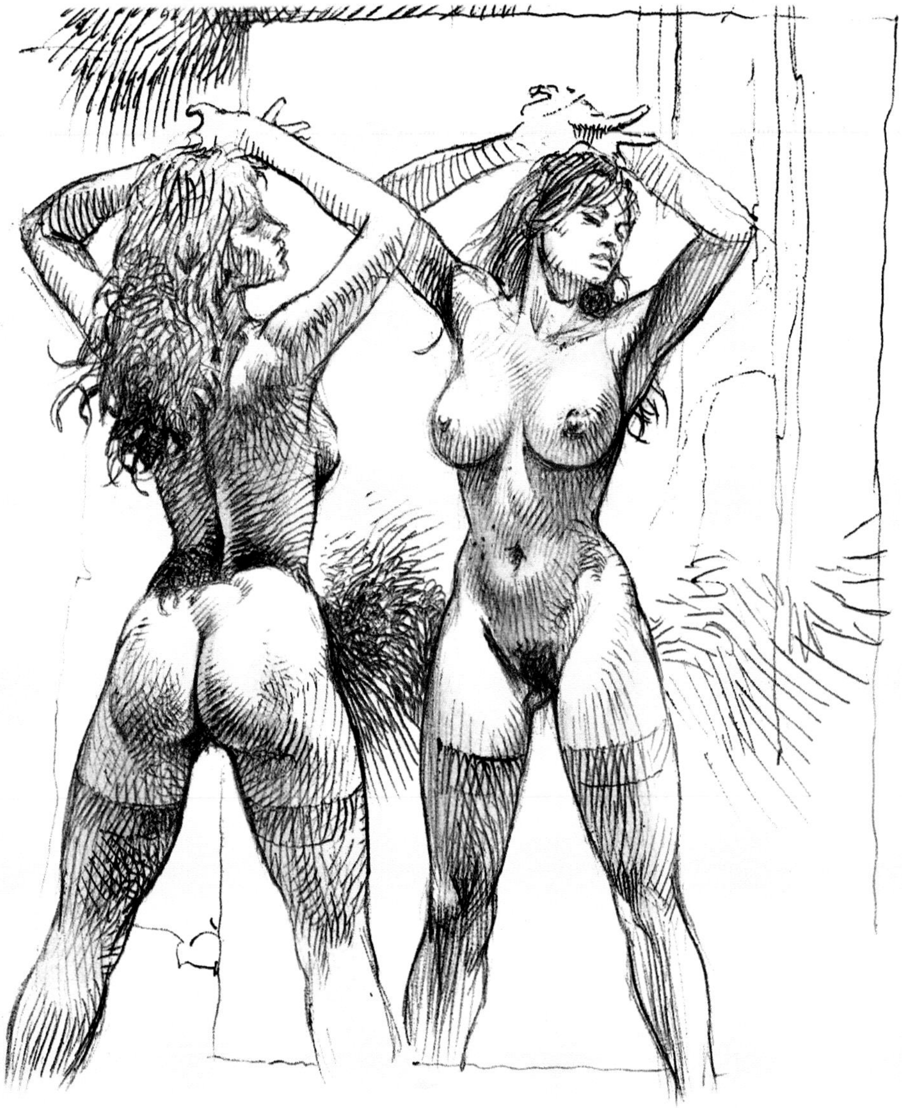

Plötzlich stand sie auf, zog Strümpfe und Schuhe an und begann, zu brasilianischer Musik vor dem Spiegel zu tanzen. Ihr schlangengleicher Körper zog mich an. Der Schweiß auf ihrer Haut schmeckte salzig. Ich leckte sie bis zum Höhepunkt.

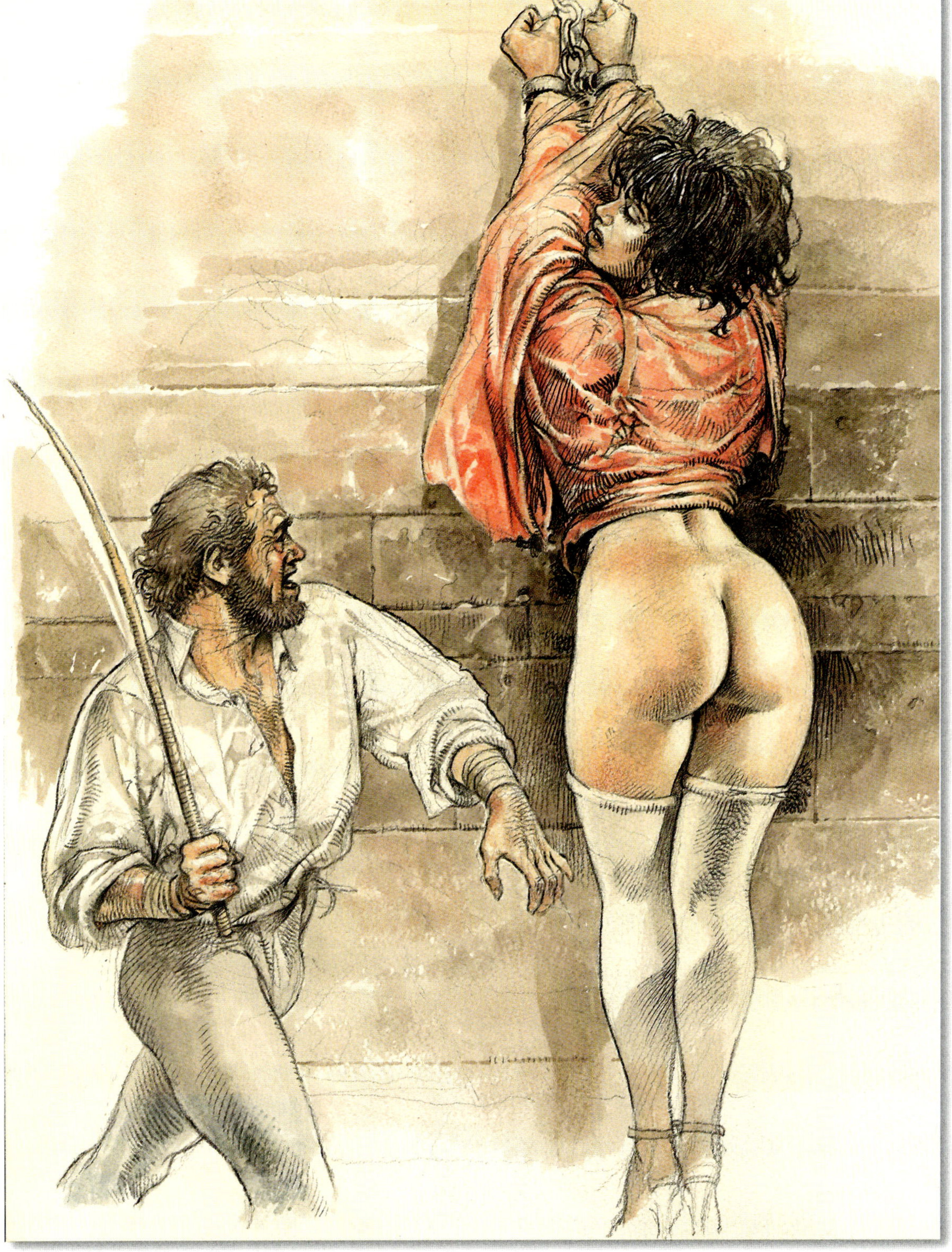

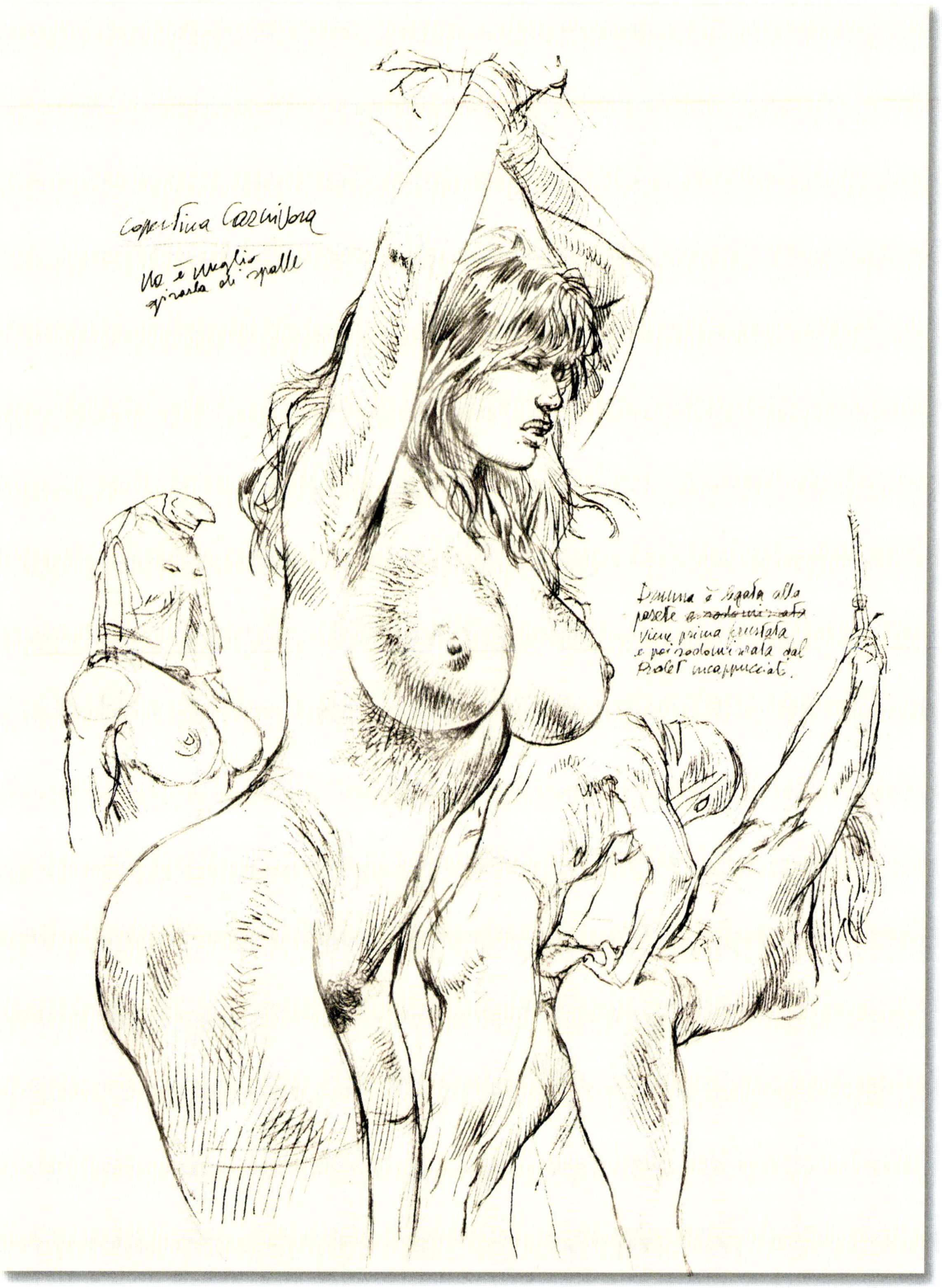
Copertina Carnivora
No è meglio girarla di spalle
Donna è legata alla parete ~~e sodomizzata~~ viene prima frustata e poi sodomizzata dal Prolet incappucciat.

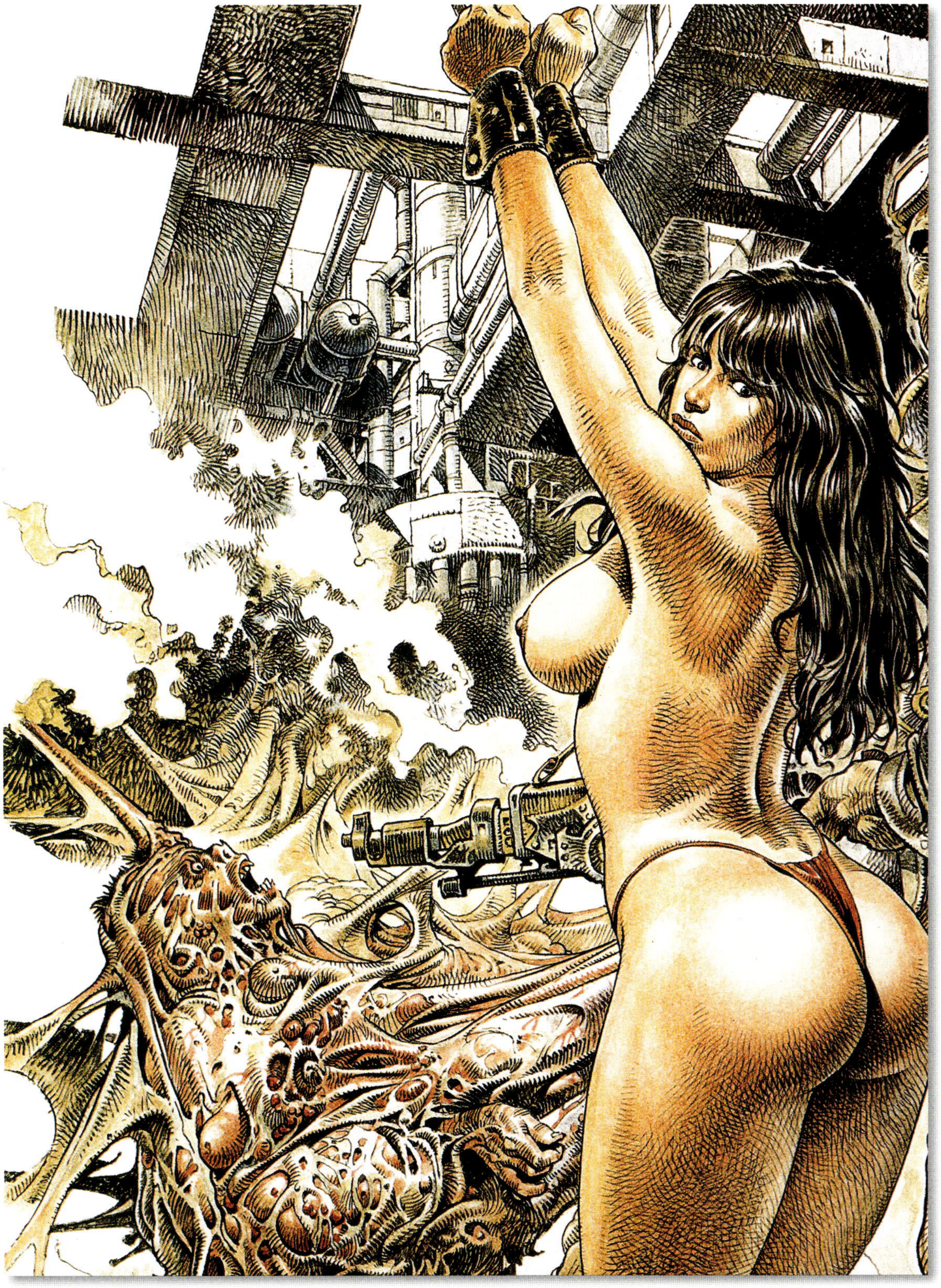

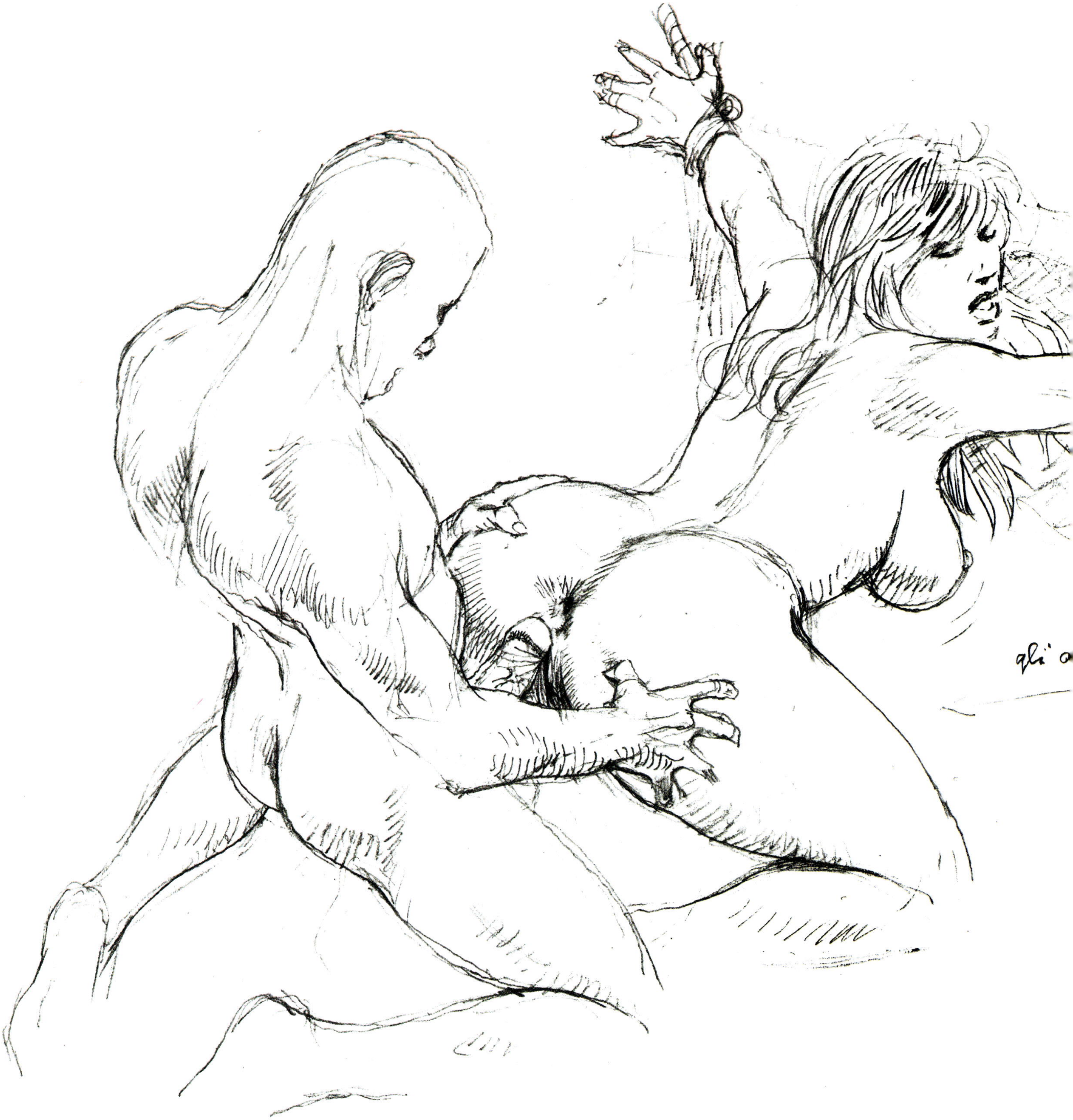

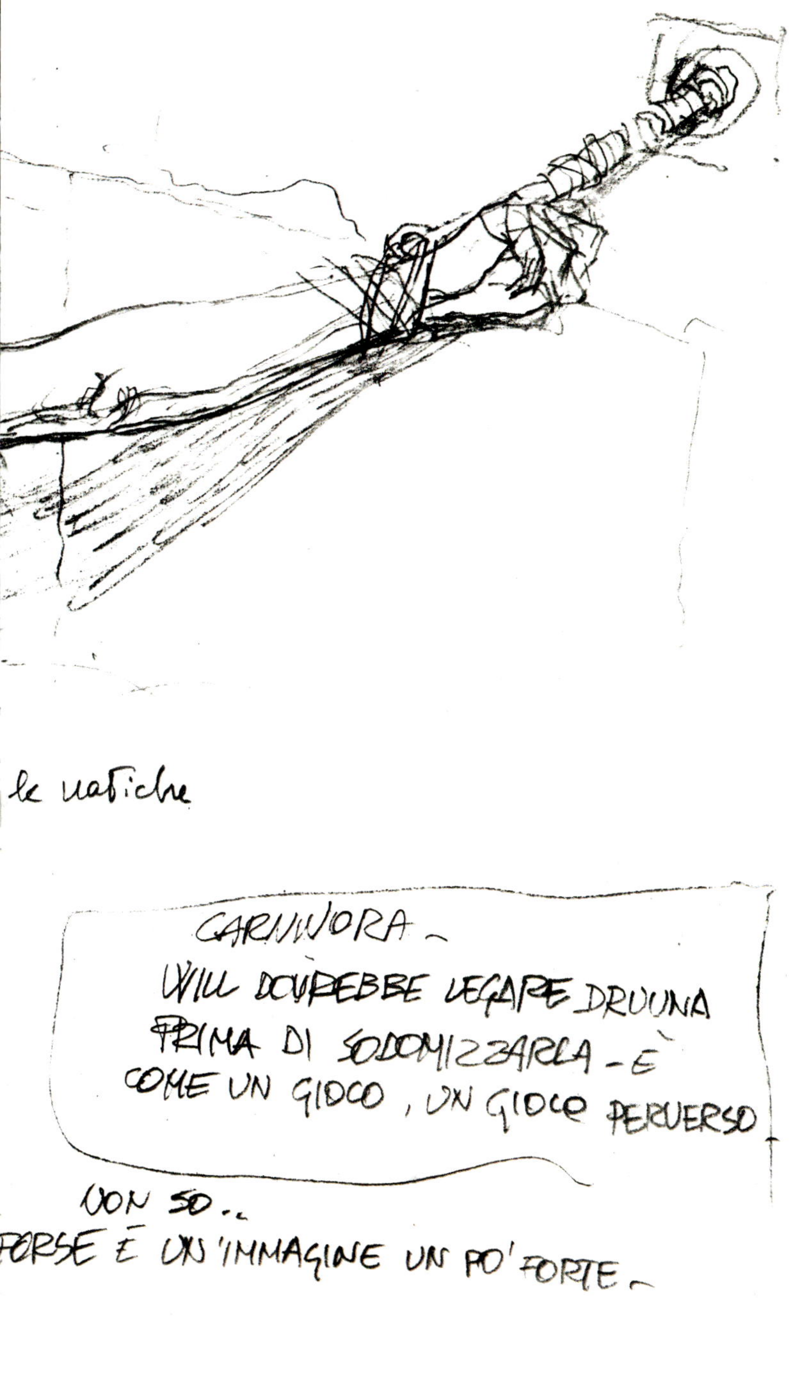

Sie hatte die Arme ausgestreckt, die Hände gefesselt, die Schenkel gespreizt, ein lustvolles Bild. Ich ließ sie stöhnen, dann fotografierte ich sie in auffordernden Posen. Später würde ich sie zeichnen. Ich stellte mir das Begehren eines Mannes vor, der sein Glied ihren Schenkeln näherte, sie hart mit beiden Händen packte und sie in dieser Stellung nahm, während er ihr Stöhnen vernahm. Vor allem stellte ich mir Druuna vor, wie sie sich im nächsten Band diesen Spielen hingab.

Sofia und Carla hatten Chiara überredet, mir Modell zu sitzen. Mit ihren 18 Jahren war sie ganz Frau. Sie saß auf dem Hocker, ich bewunderte ihren runden Hintern, die schweren Brüste mit den rosigen Warzen

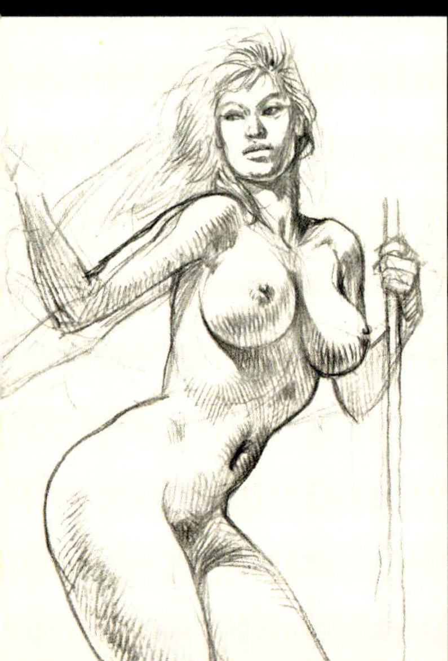

und das goldfabene Büschel, das ich bald streicheln würde.

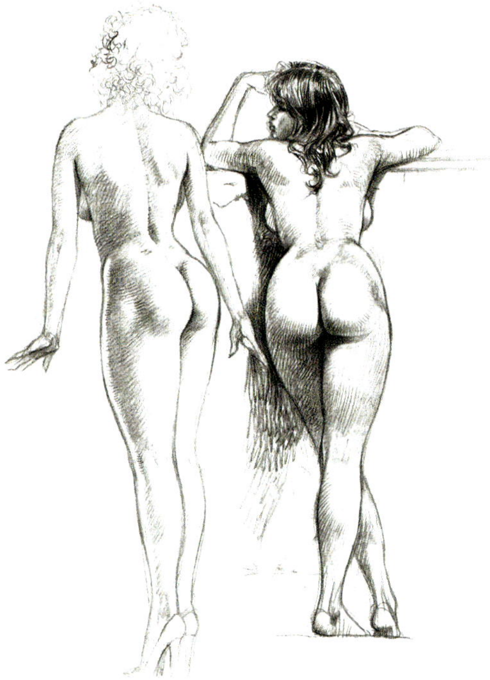

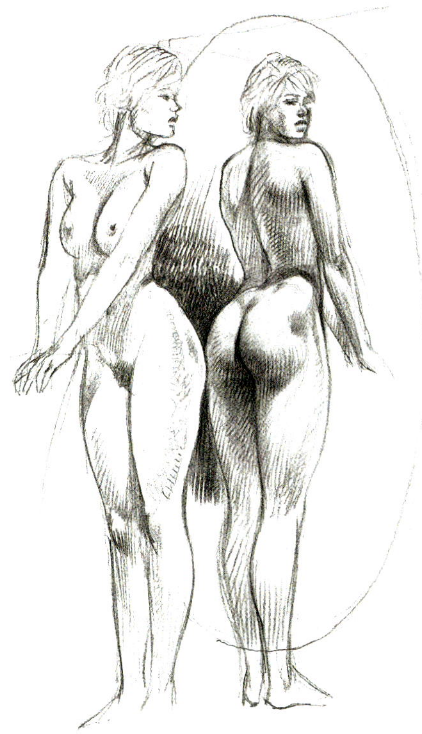

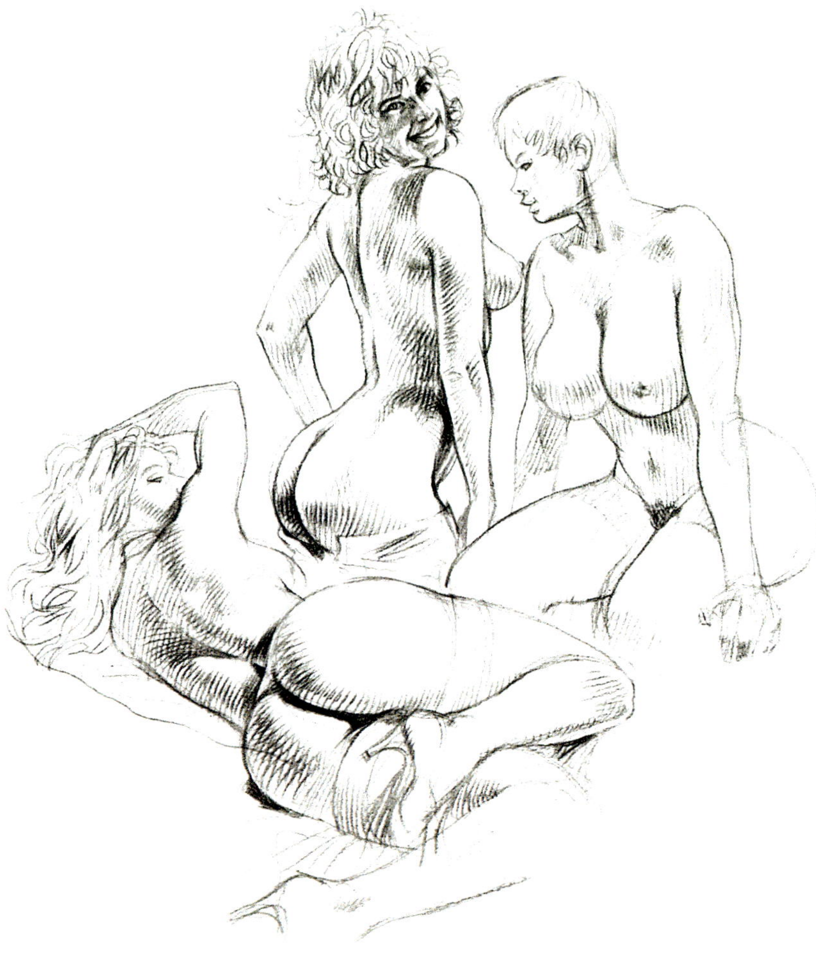

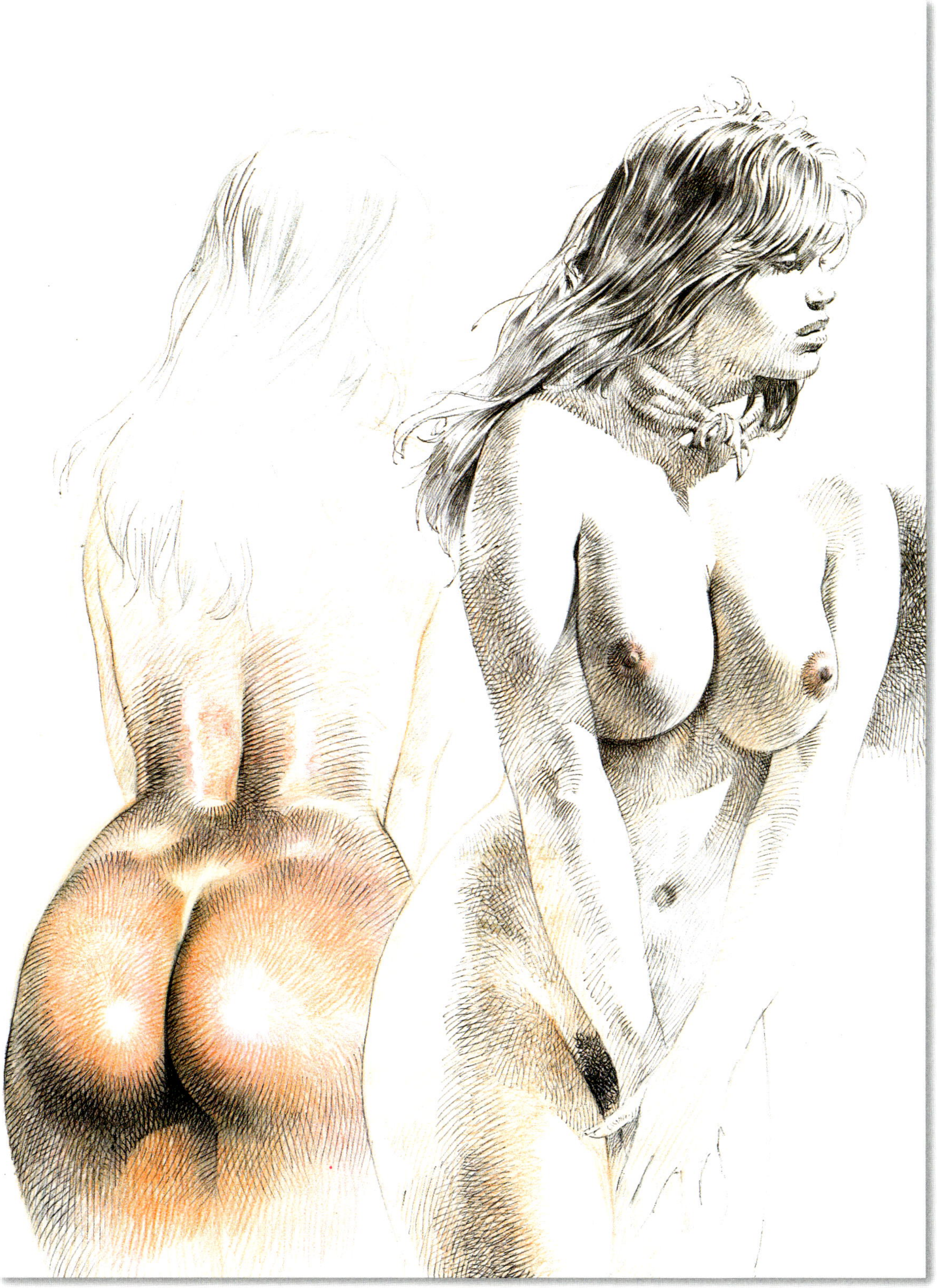

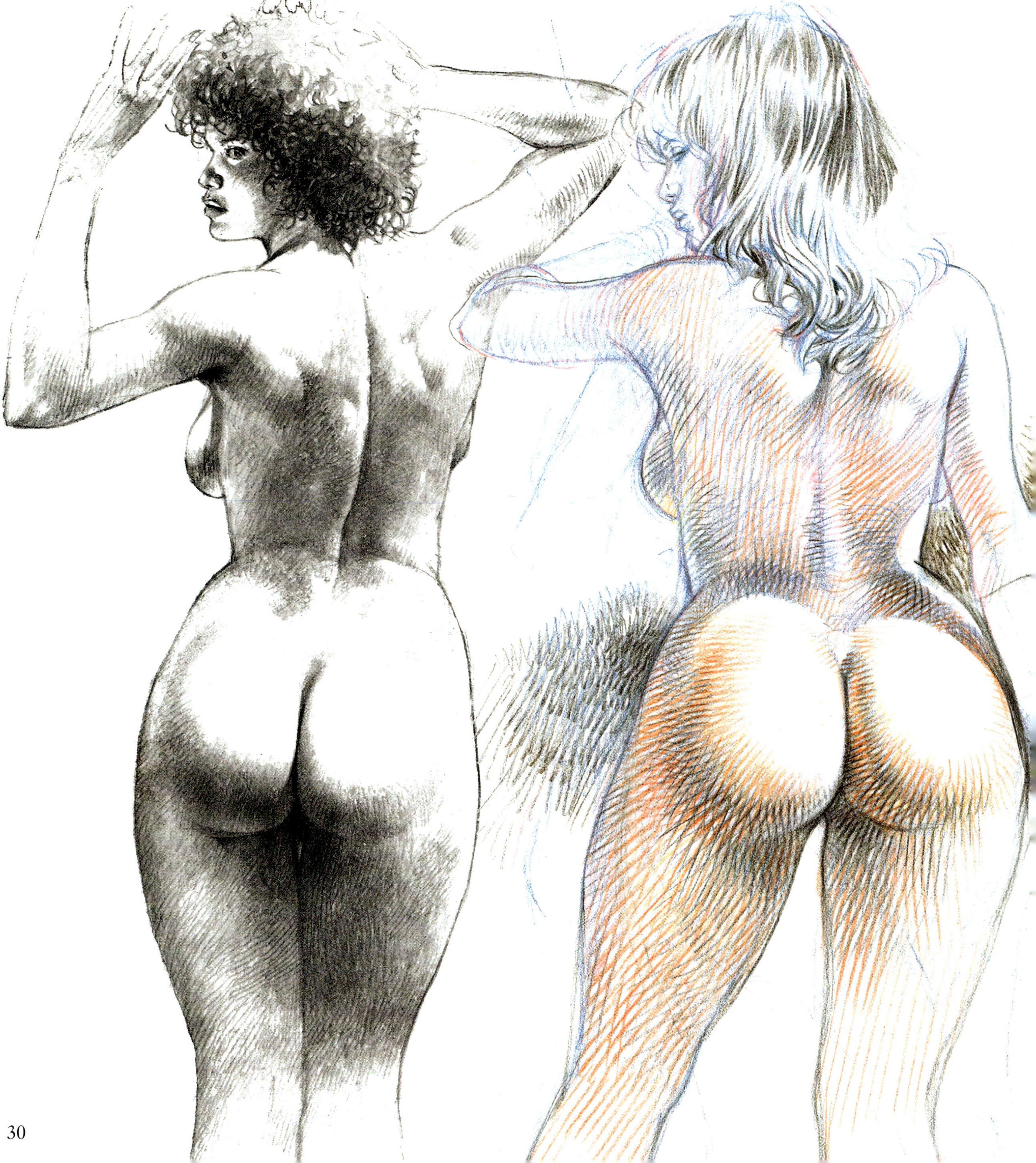

LA DONNA
RAPPRESENTA
LA VIA, LEI
TROVA SEMPRE
LA SOLUZIONE
A TUTTO, LUI,
L'UOMO É
SPESSO
INDECISO,
BLOCCATO...
PIU FRAGILE

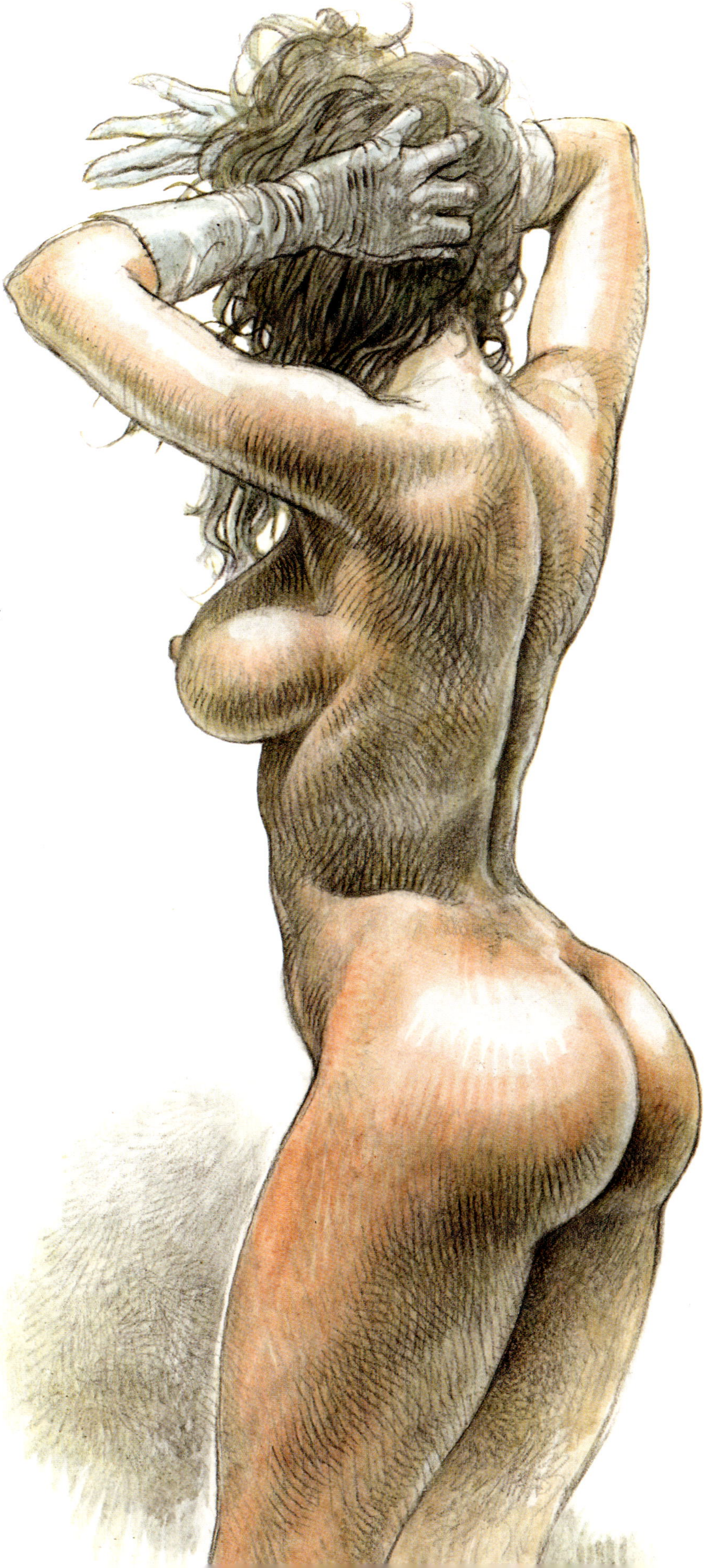

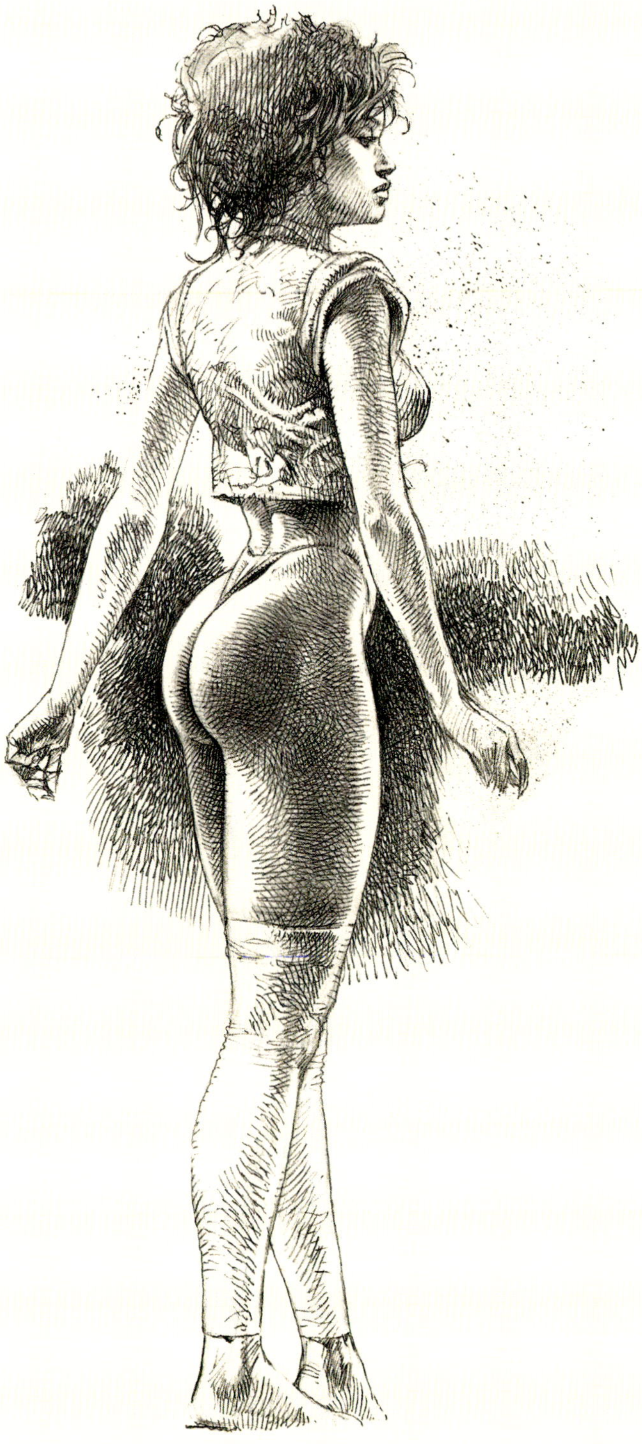

Carla hatte den ganzen Nachmittag eine Choreografie von Béjart einstudiert. Ihre Haut glänzte von Schweiß. Eine Freundin gesellte sich zu ihr. Ich traute meinen Augen nicht. Druuna! Es war Druuna! Dieser geliebte Körper, das angebetete Gesicht... Hier war sie,

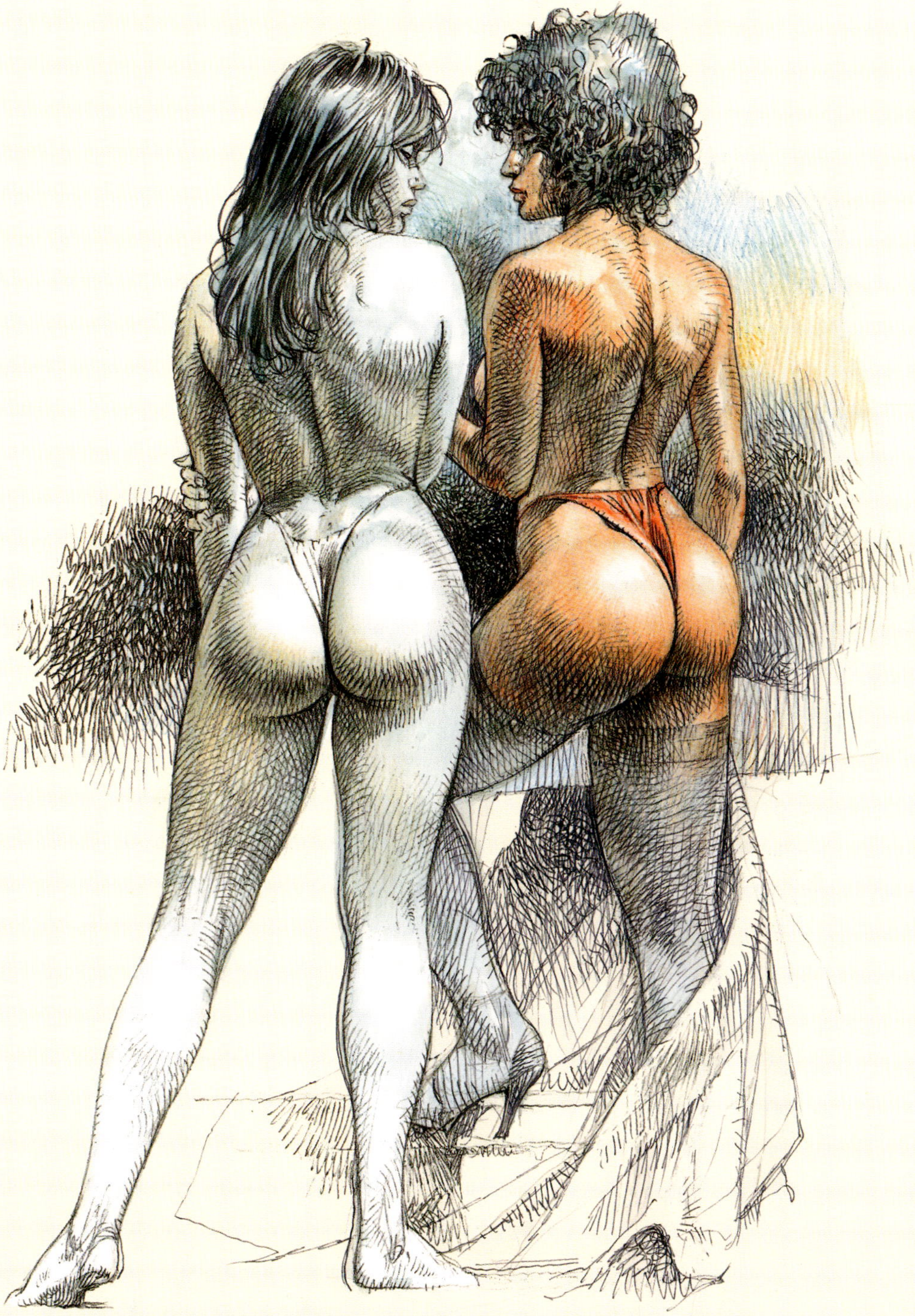

das ersehnte Weib...
Ich bebte bis ins Innerste. Ich, der Zeichner, der Künstler, konnte sie nicht abbilden! Erst Tage später gelang es mir endlich, diese Zeichnung auszuführen.

Die Haare unter einem Turban versteckt, die Haut noch feucht vom Dampfbad kam Paola auf mich zu. Ihr Körper verströmte einen Eukalyptusduft, der sich mit dem der Räucherstäbchen im Atelier mischte. Mit schelmischem Blick küsste sie mich und streichelte mich lange, dann ging sie mit ihrem katzenhaften Gang zum Spiegel, kniete nieder und bat: "Zeichne mich als Druuna, Paolo."

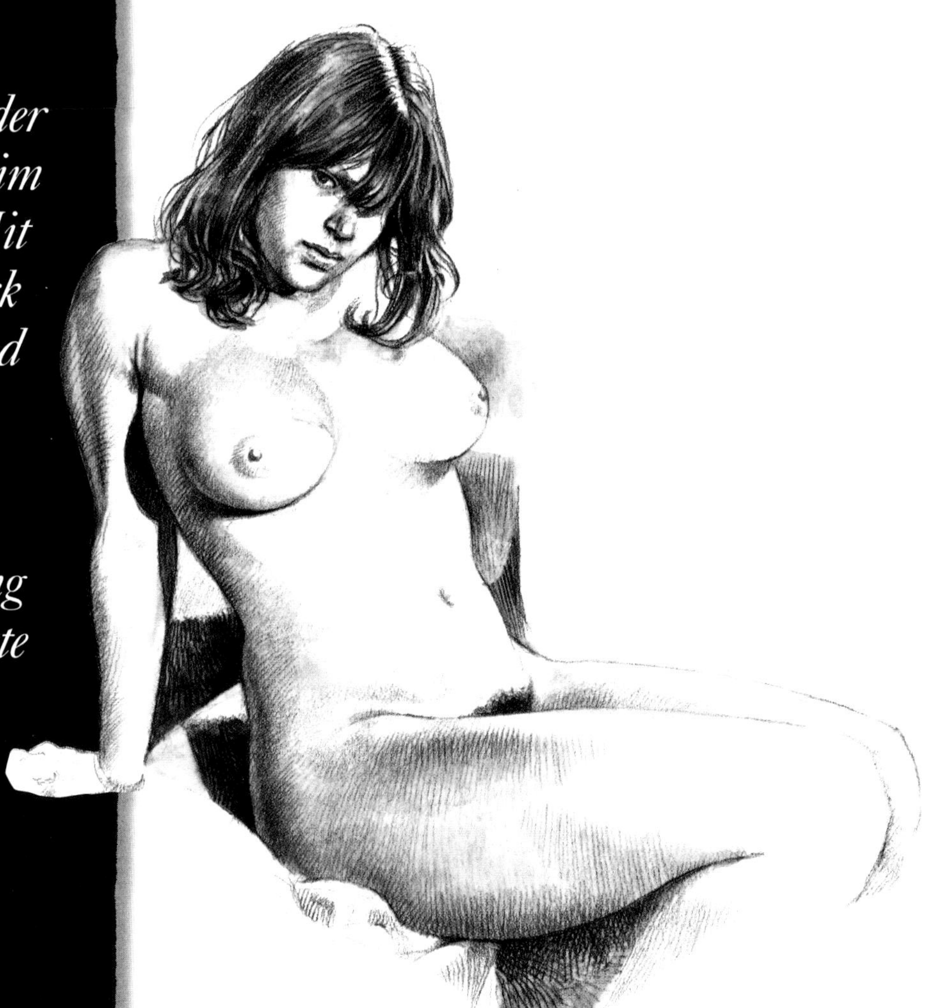

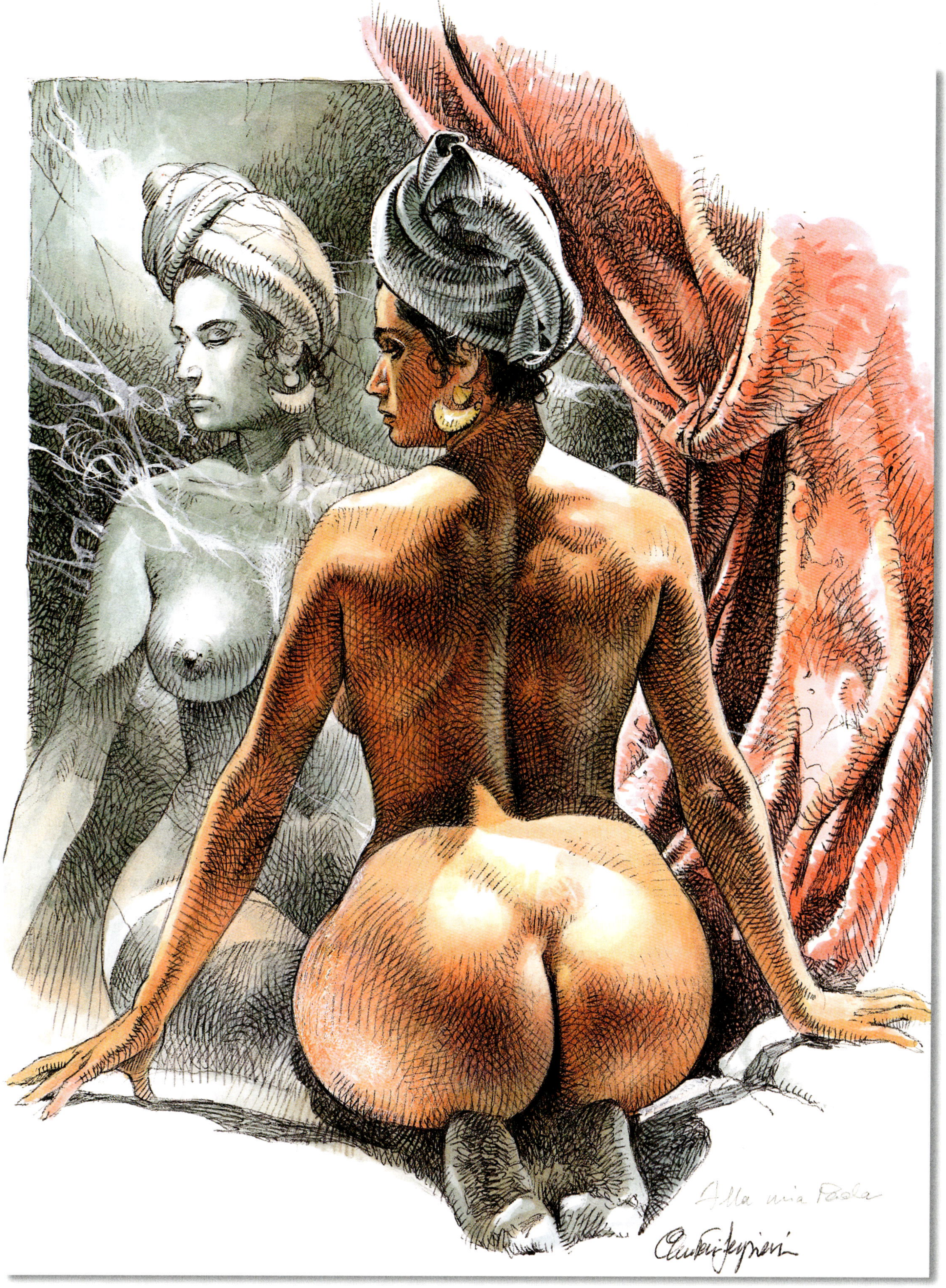
Alla mia Paola

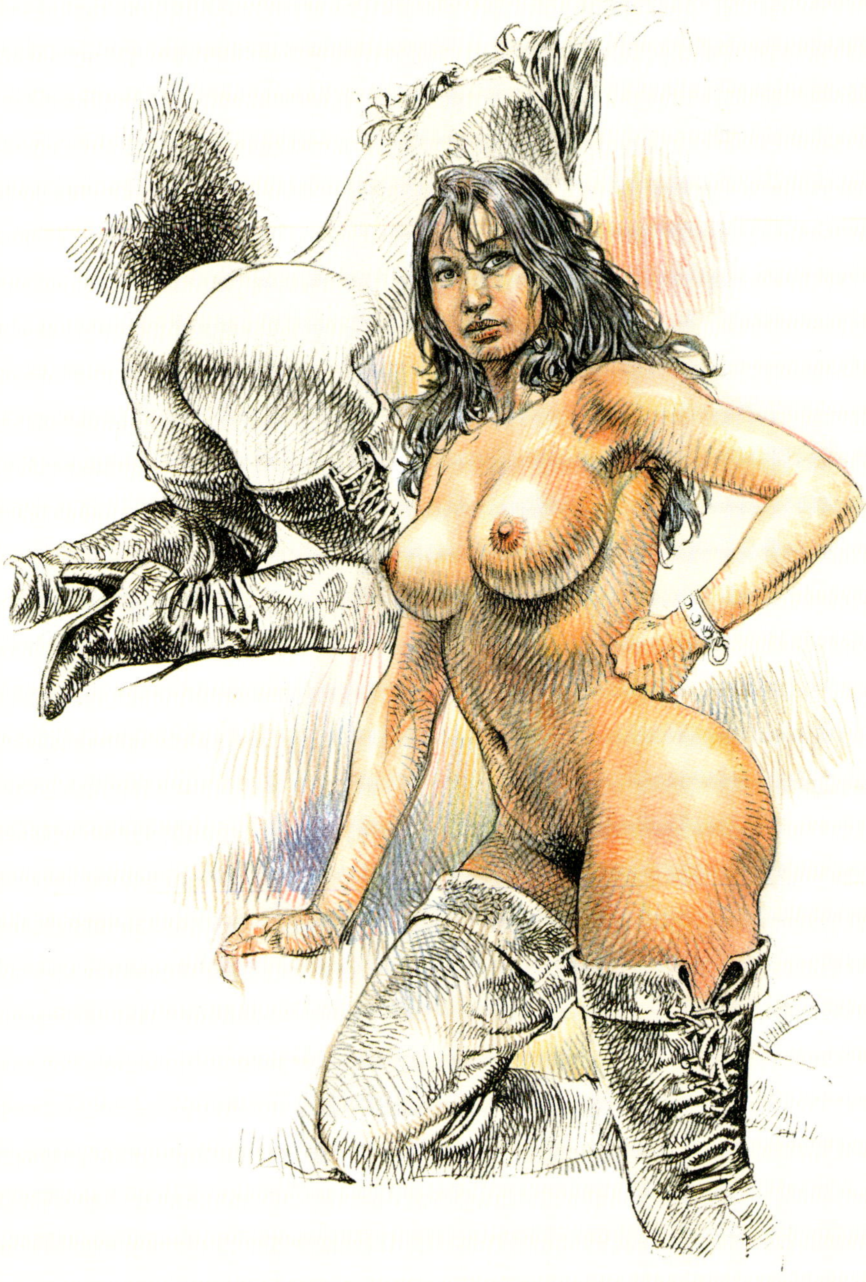

Die Schenkel in schwarze Vinylstiefel gezwängt, lehnte das Animiermädchen zu der aufreizenden Musik an der Bar. Unter den geilen Blicken der Männer begann sie sich zu streicheln, dann ließ sie nach und nach kleine rosige Kugeln aus ihrer weit geöffneten Scham perlen.

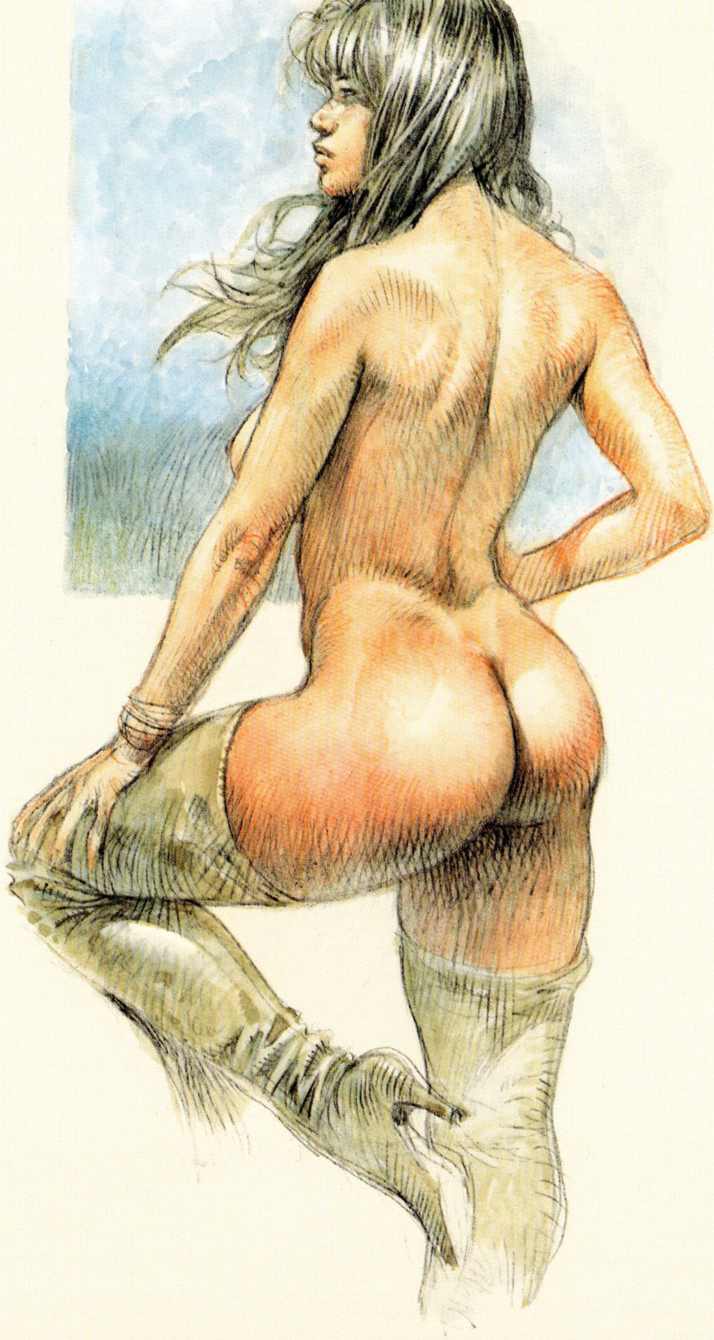

Während sie ihr Spiel fortsetzte, spürte ich, wie eine Hand mein Geschlecht ergriff. Maly lächelte und nahm meine Eichel tief in den Mund, wobei sie meine Hoden knetete. Ich drückte die Lippen auf ihr duftendes Haar. Dann drehte sie sich um und bot mir ihr schönes, hohes, festes Hinterteil...

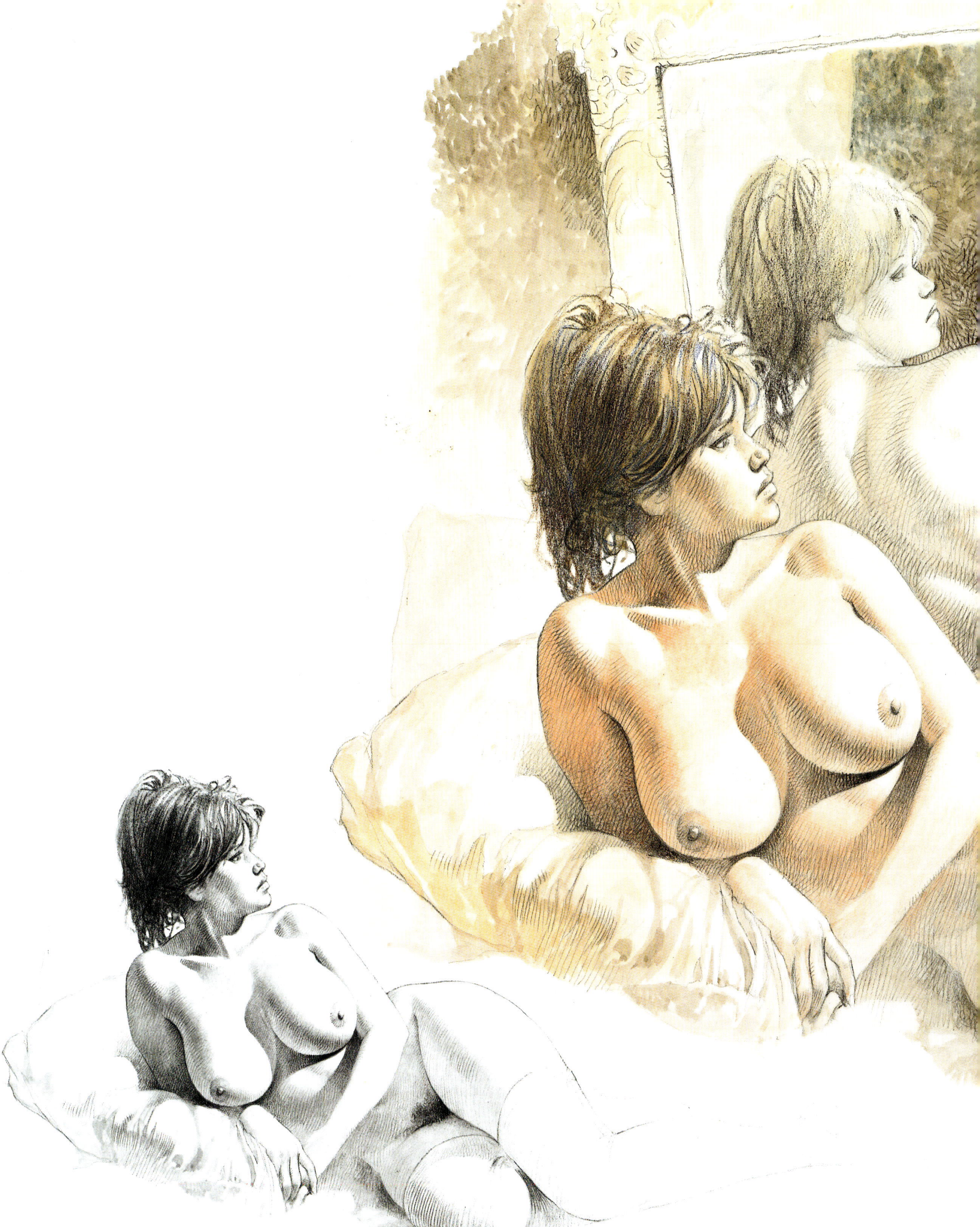

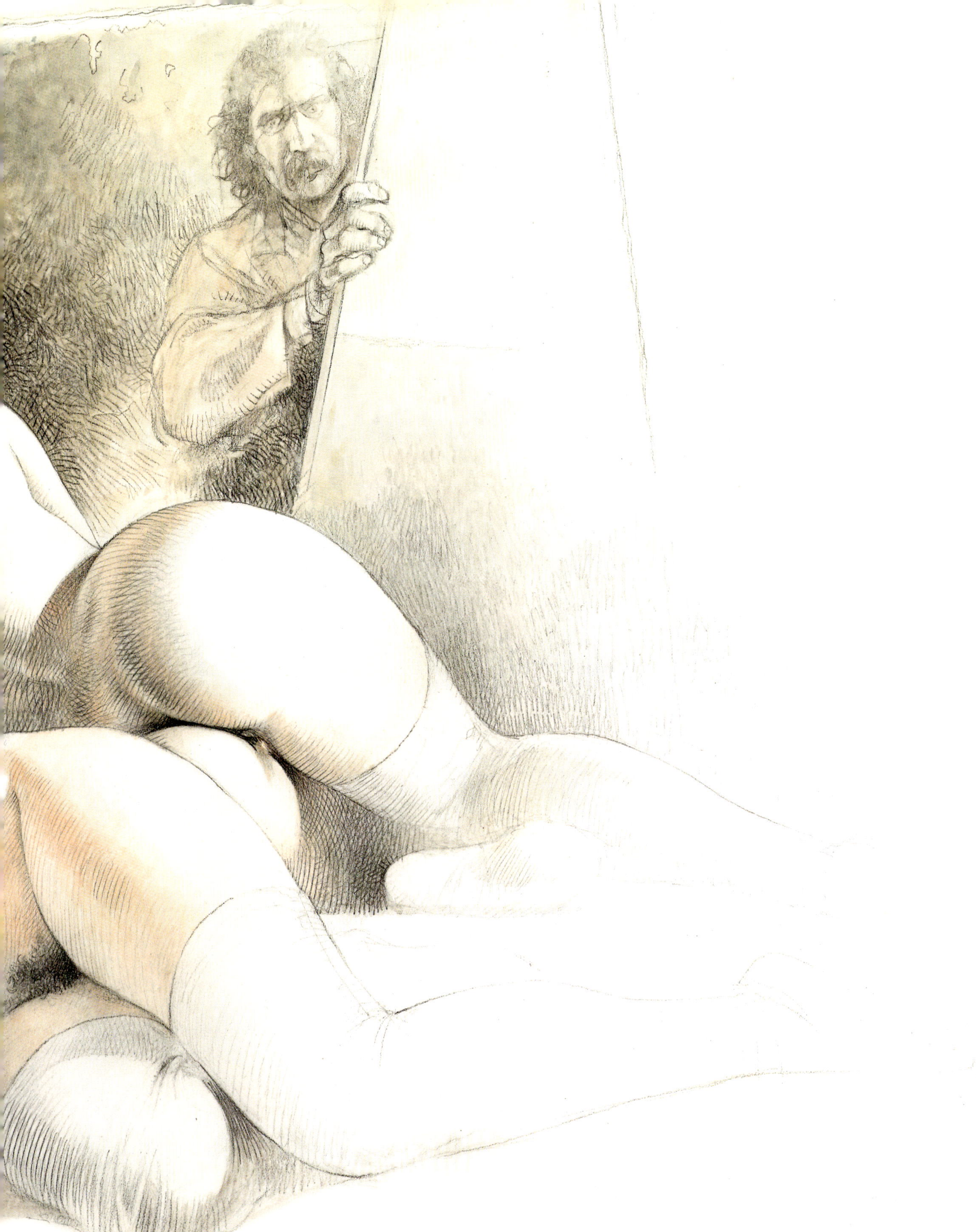

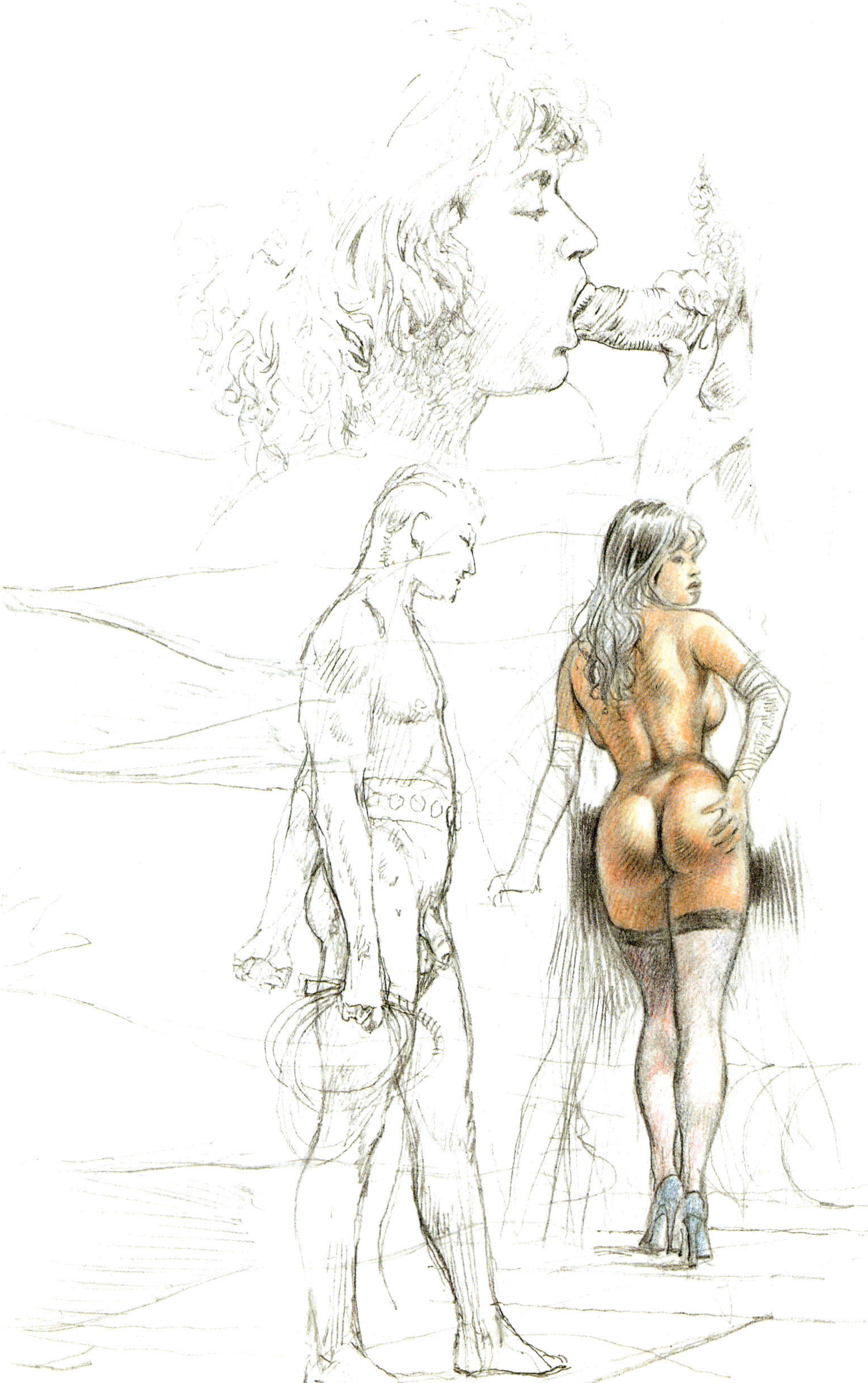

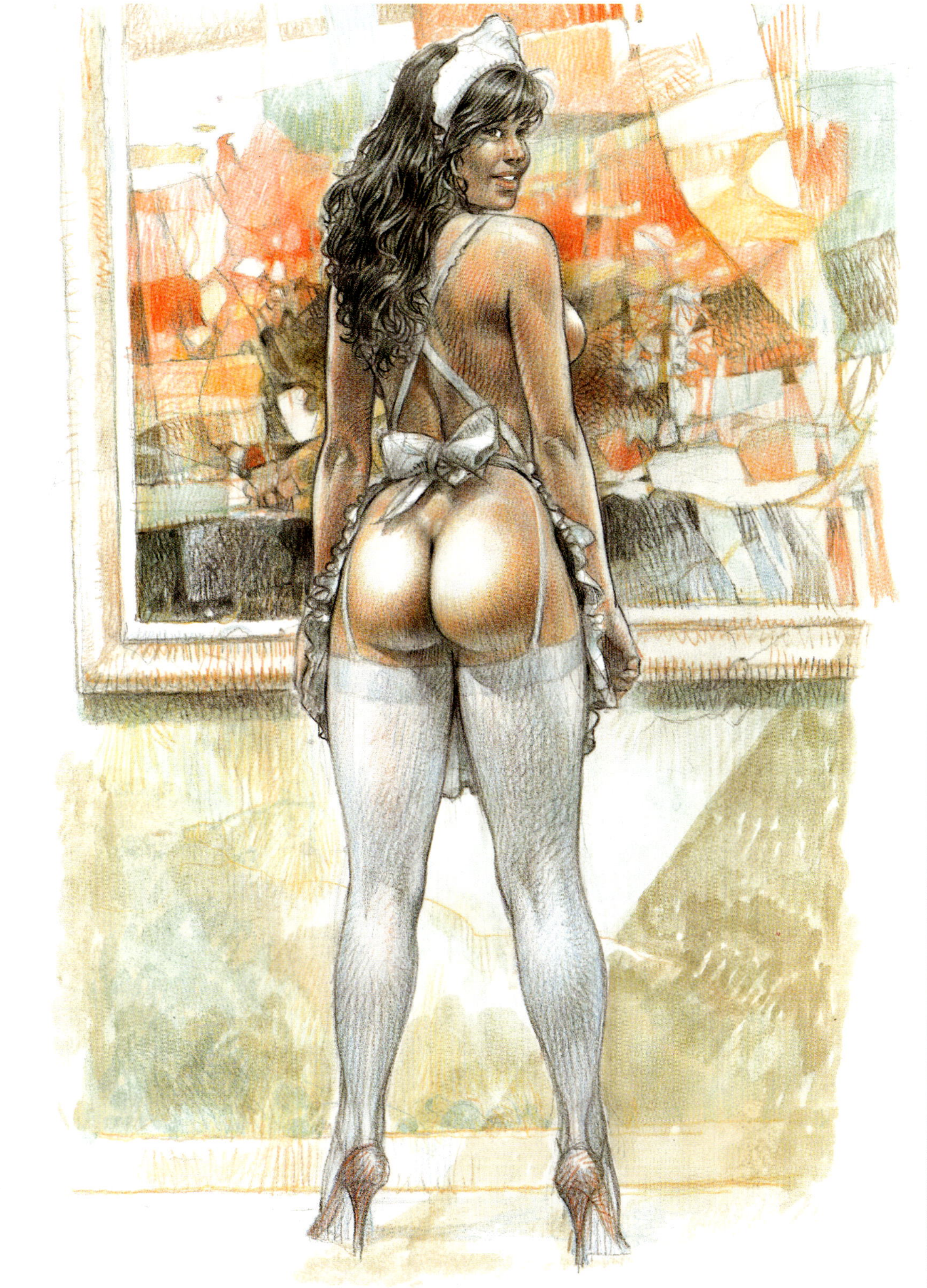

Es war heiß. Meine Hände erforschten die braunen Rundungen der Frau mit der weichen, glatten Haut. Ich wollte mich in ihr verlieren, sie verschlingen, ihren Duft entdecken. Sanft schob ich die Finger zwischen ihre Schenkel und brachte den würzigen Saft an meine Lippen.

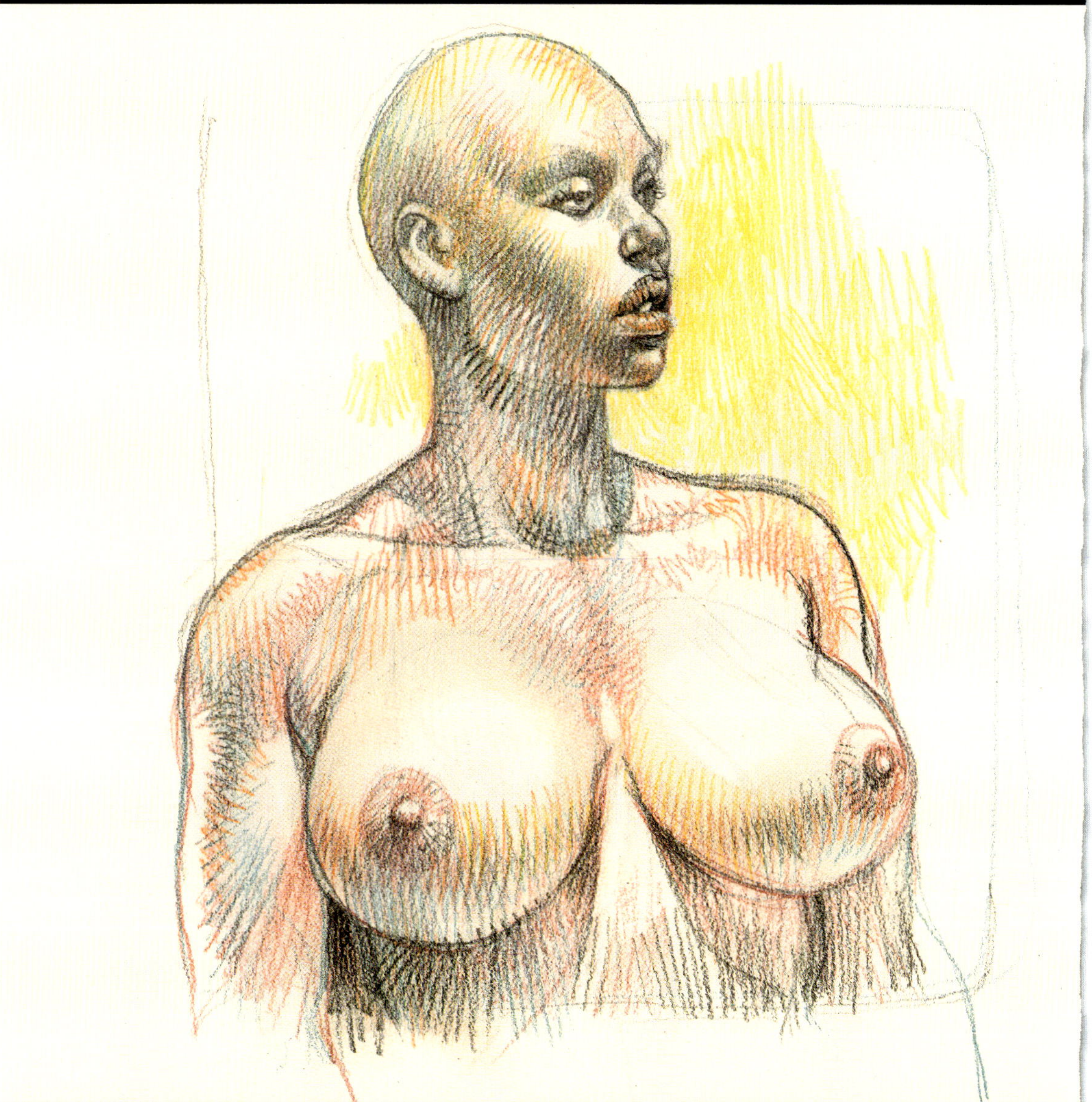

Wir waren uns in Venedig begegnet, bei einer Rothko-Ausstellung. Ihre Wangen waren von unseren schamlosen Spielen gerötet, als sie sich mir gegenüber hinsetzte. Mit gespreizten Beinen und unter dem Blick ihrer Bediensteten wischte sie den Schaum unserer Vereinigung ab.

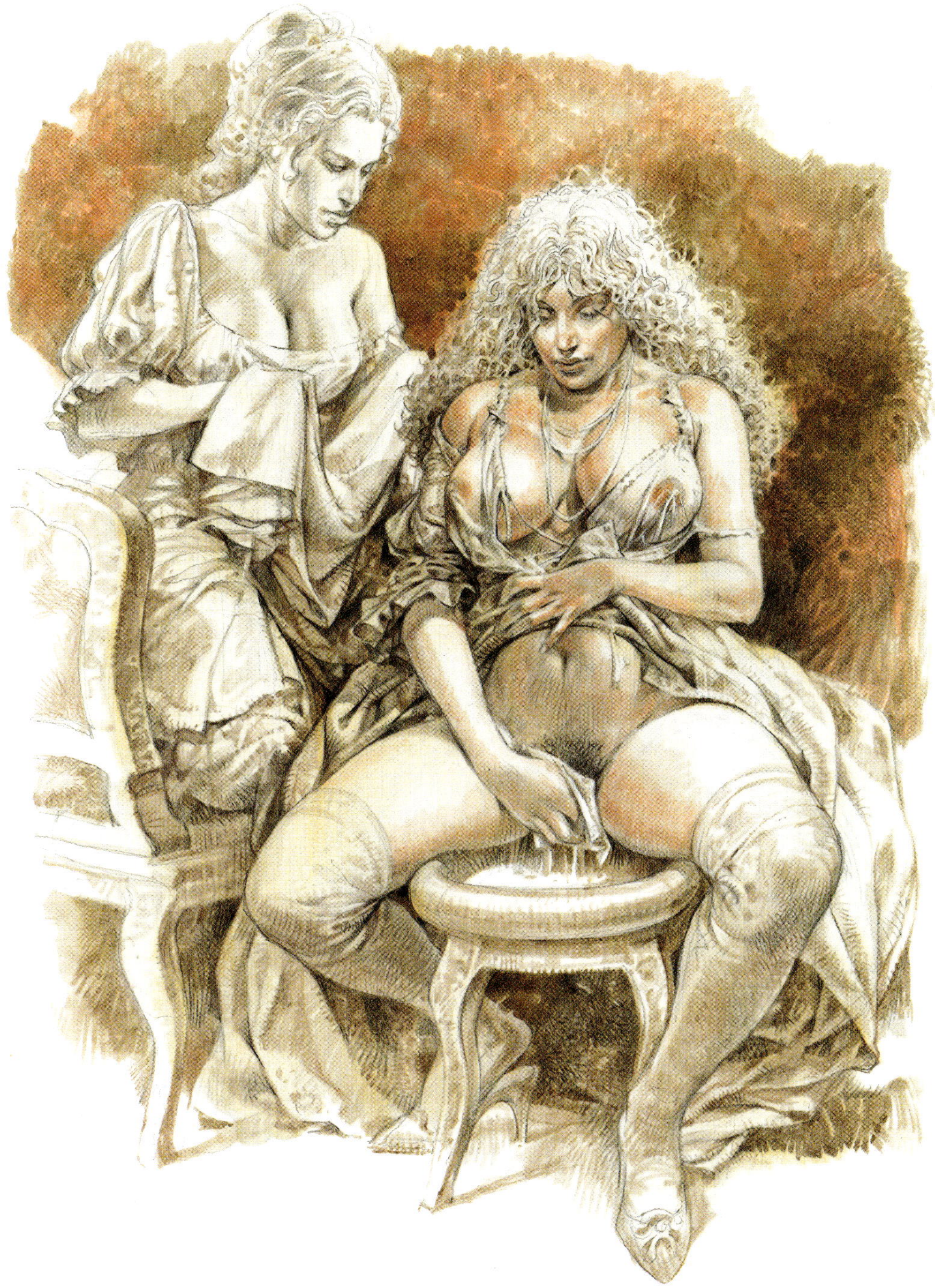

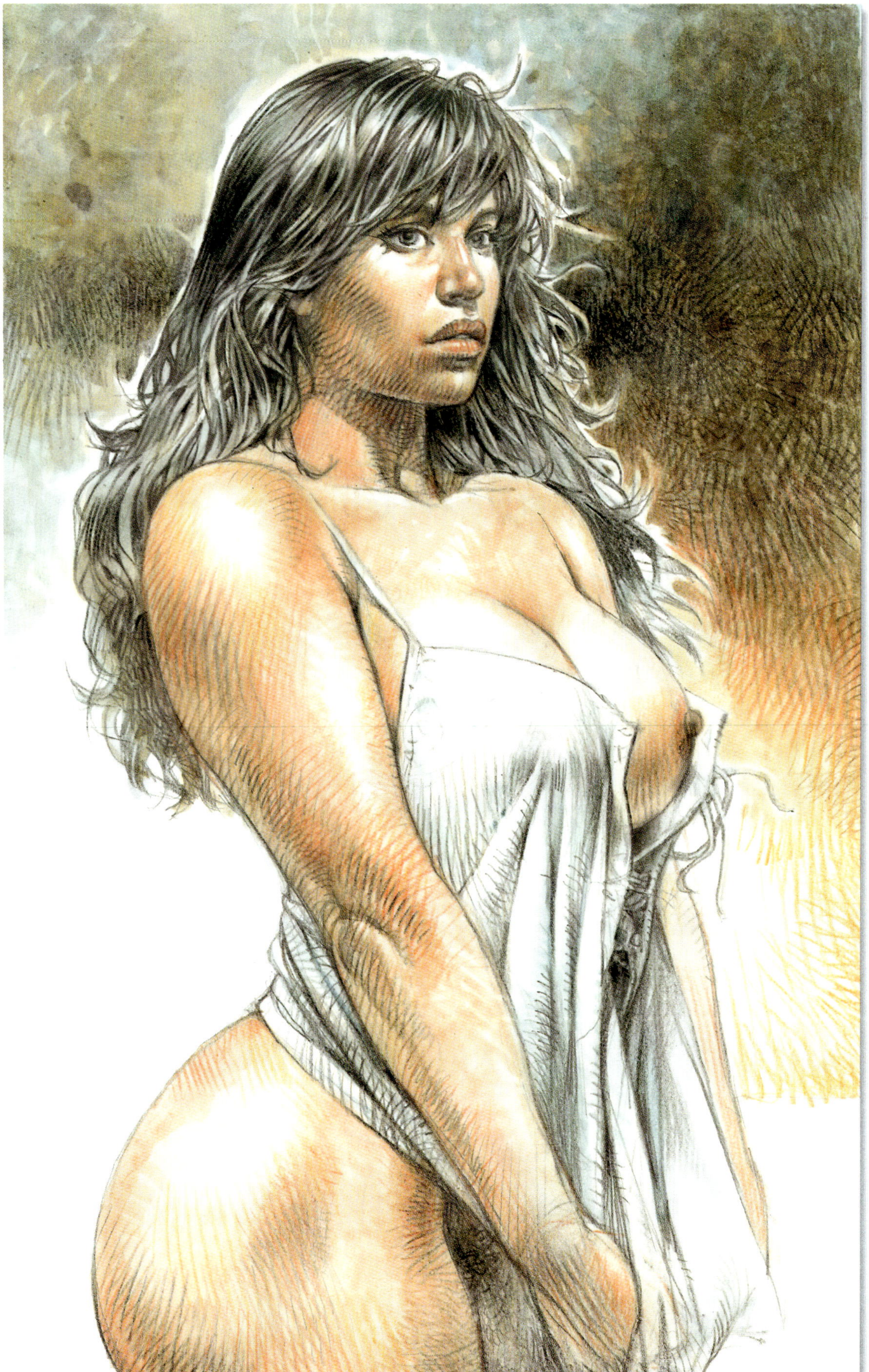

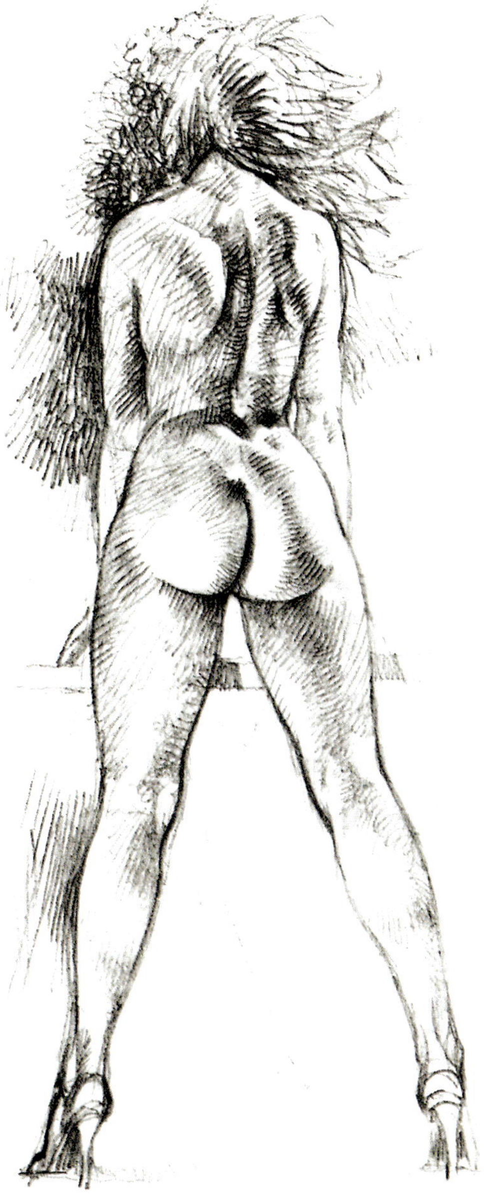

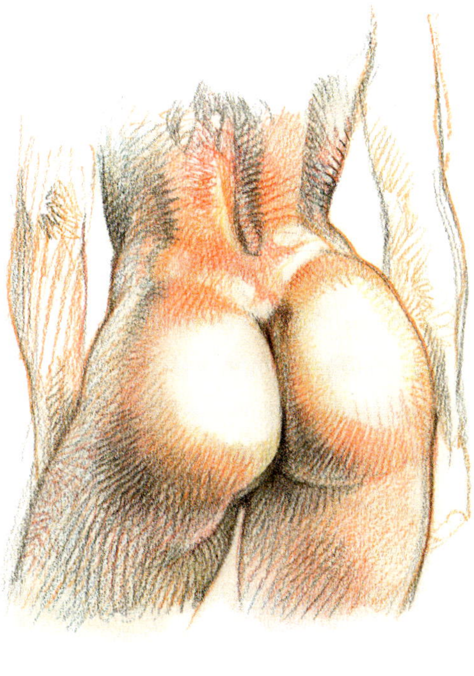

Das Atelier war von Kerzen erleuchtet. Der Arbeitstisch war übersät von Skizzen und Schwarz-Weiß-Fotos von Frauen, die meisten nackt und mit aufreizenden Formen.
Tausendfach, wie in Kristallsplittern gespiegelt, hatte er mich gezeichnet, meinen festen Körper, den gereckten Hintern.
Langsam zog ich mich aus...
Ich ging zu ihm, dem Künstler, meinem Schöpfer. Ich berührte sein weiches silbernes Haar, streichelte seine Wange, biss in seine vollen Lippen, strich über seine magischen Finger... Ich nutzte seinen Schlaf, um aus dem Bild zu steigen und mich an ihn zu pressen.

Ich drückte mich an sie. So mag ich sie: ausgestreckt, verlangend, den sinnlichen Körper wie eine Verheißung auf dem Laken, den Hintern angehoben, mit heißer Spalte, aufnahmebereit.

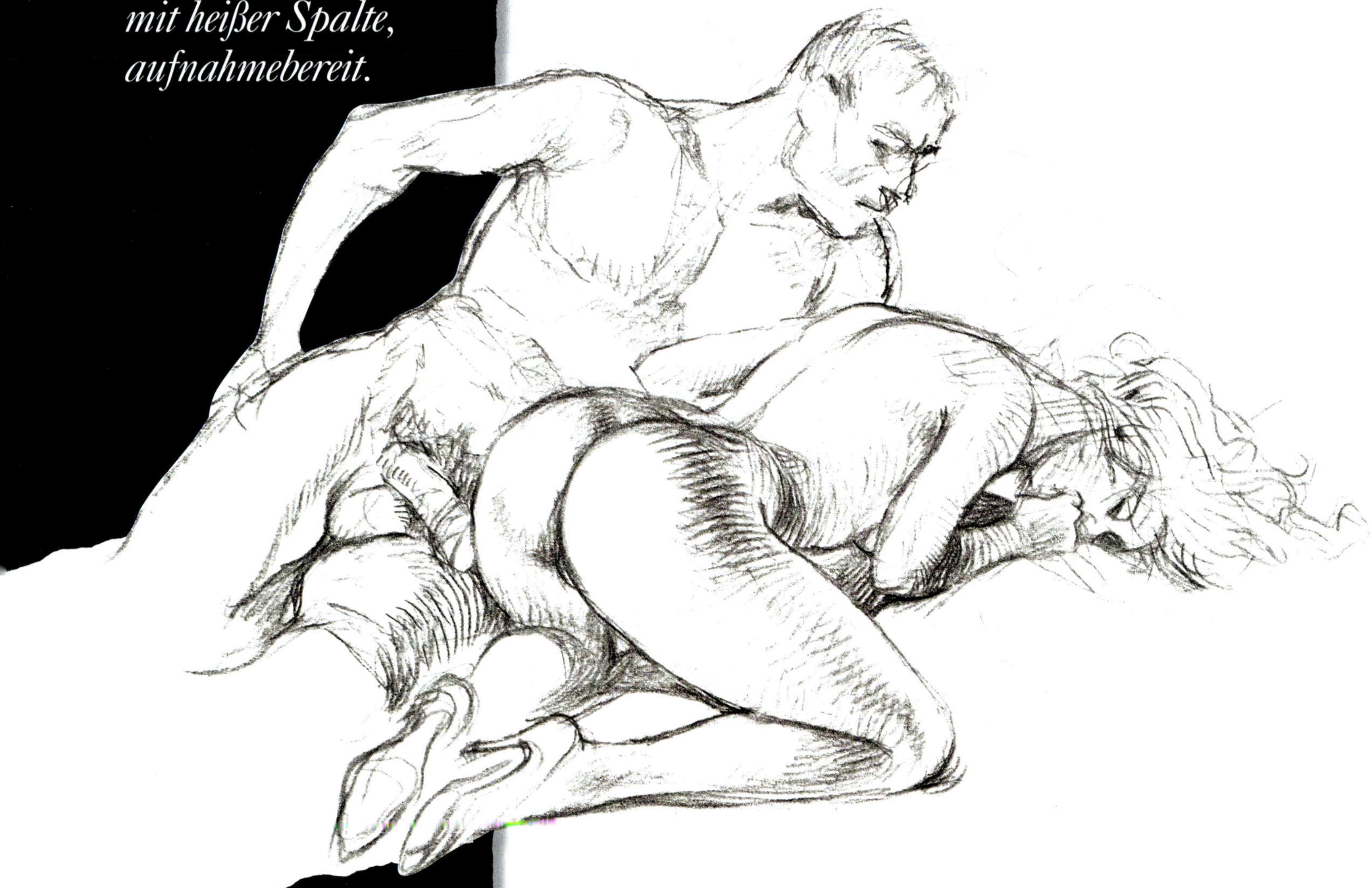

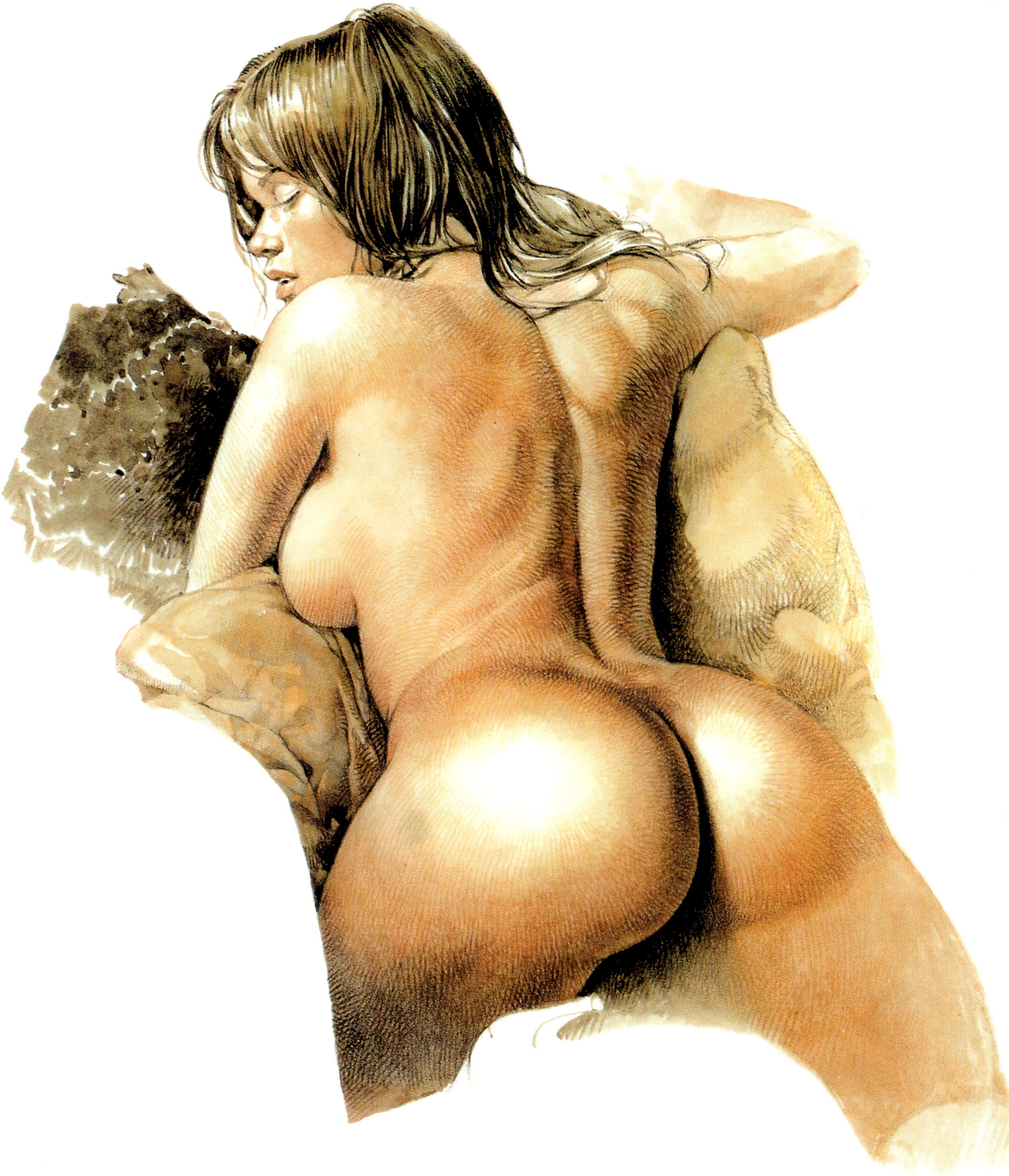

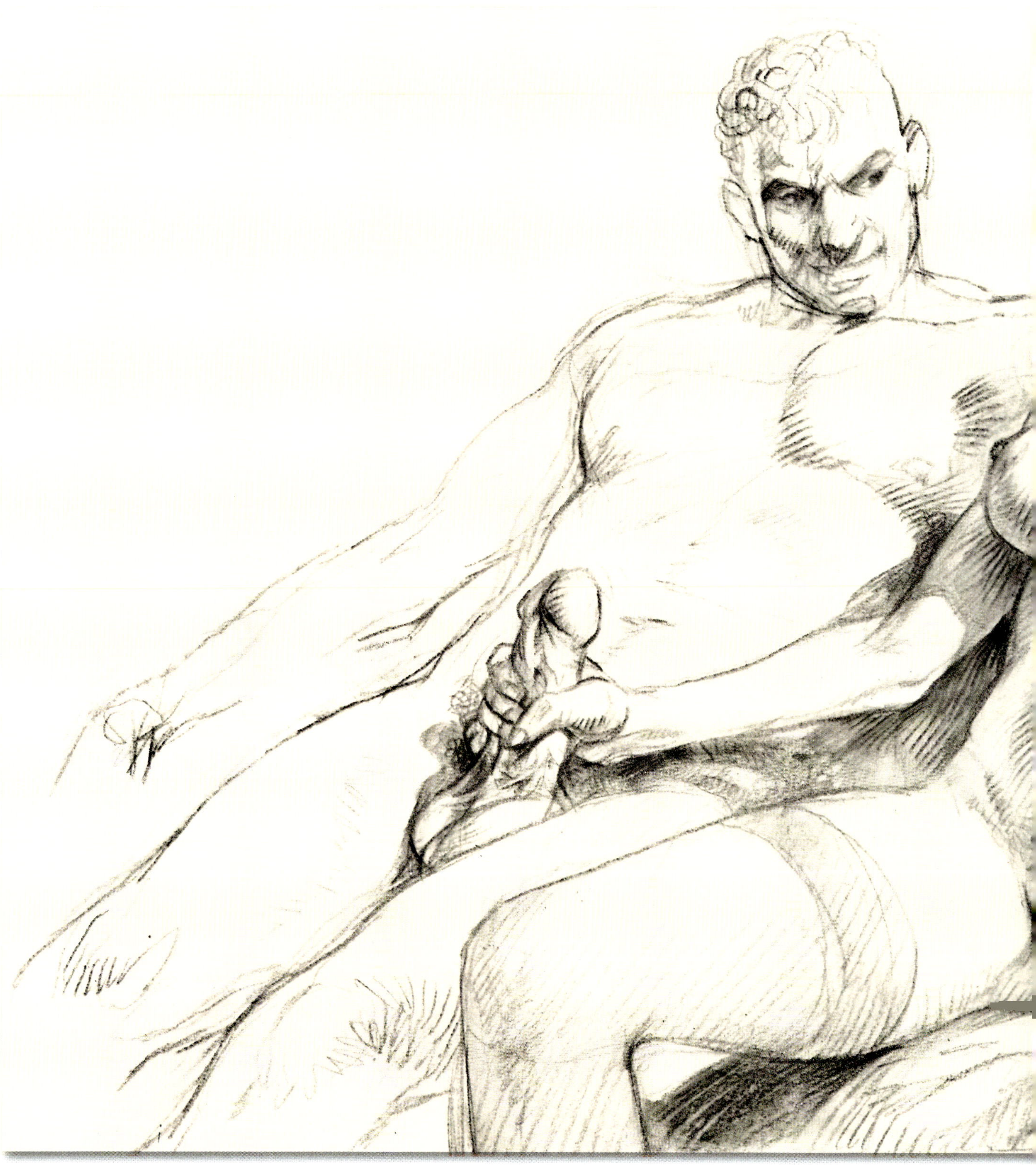

IL PIACERE E IL DESIDERIO ILLUMINANO IL SU

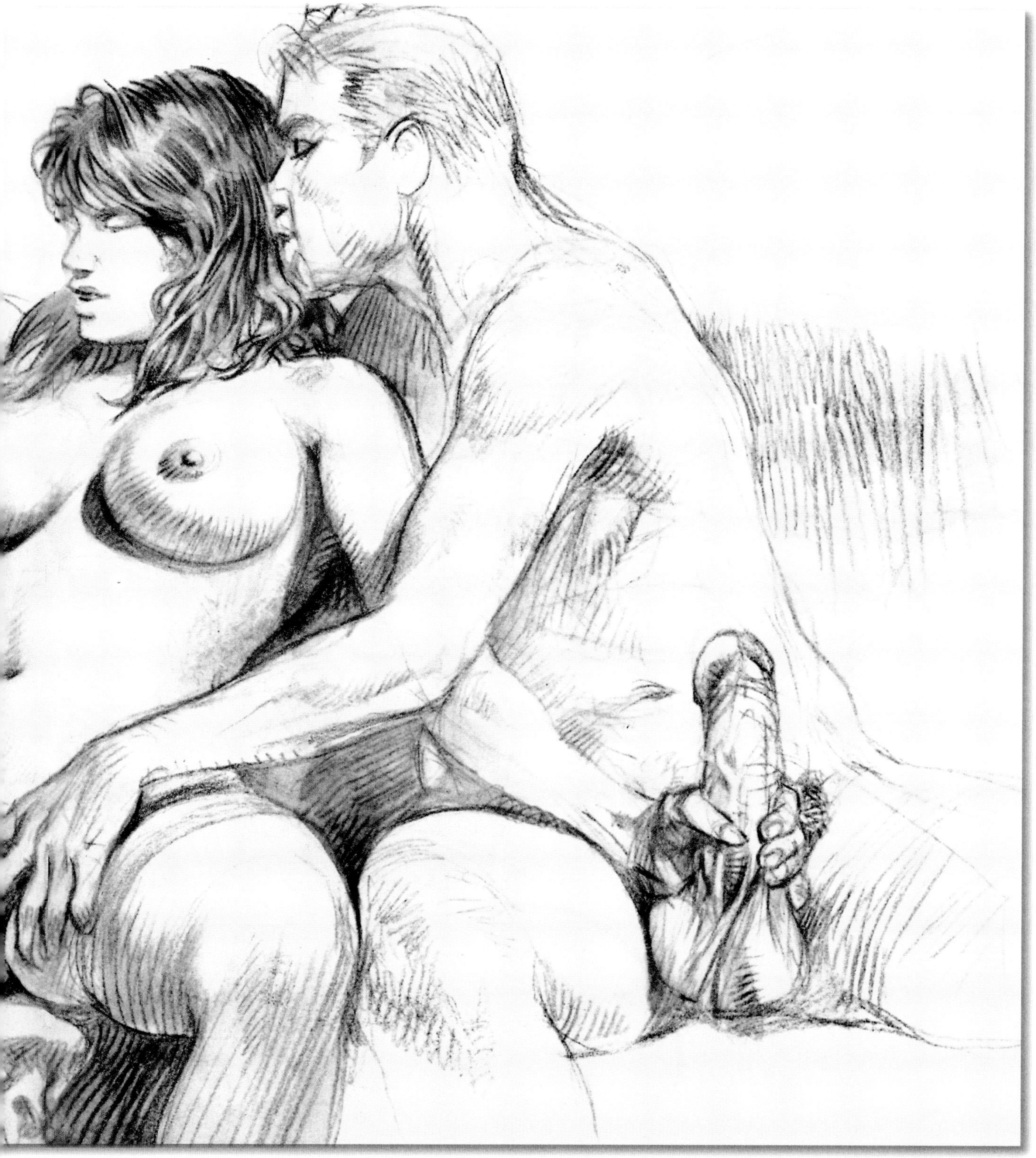

VISO LE SUE MANI SI MUOVONO CON AJILITA...

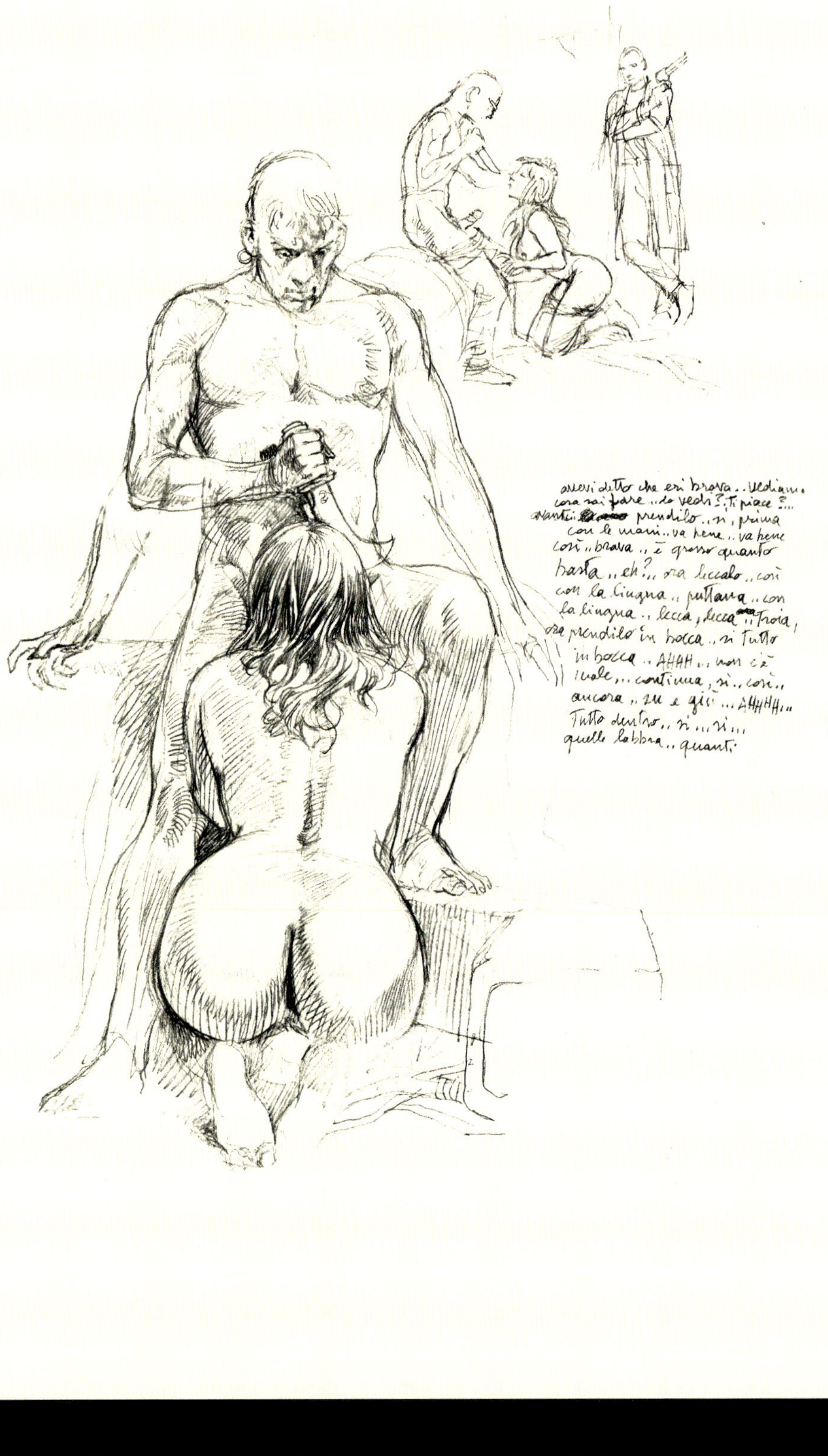

Sie hockte vor dem Mann, wie der Filmregisseur es verlangt hatte.
Sie drängte sich zwischen seine Schenkel und streichelte ihn mit erfahrenen Händen. Der Mann, der die Szene beobachtete, ging langsam auf sie zu. Ihr runder, beweglicher Hintern erregte ihn.

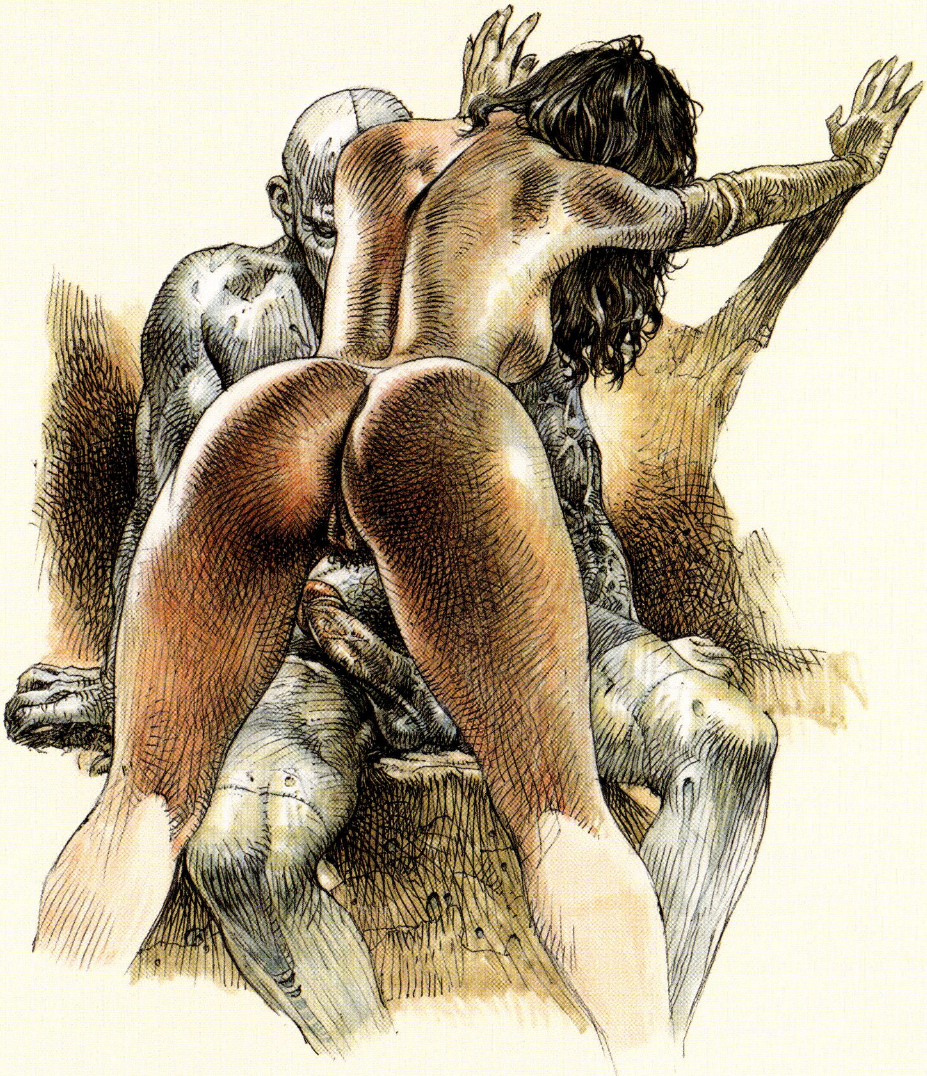

Er drückte sich an sie, umfasste ihre Taille und stieß heftig bis zum Ende der Höhle vor.
Großaufnahme. Das gierige Auge der Kamera nimmt das krampfhafte Hämmern seines Gliedes auf.
Ich ließ mich von den Bildern mitreißen, die ich zu Papier brachte.

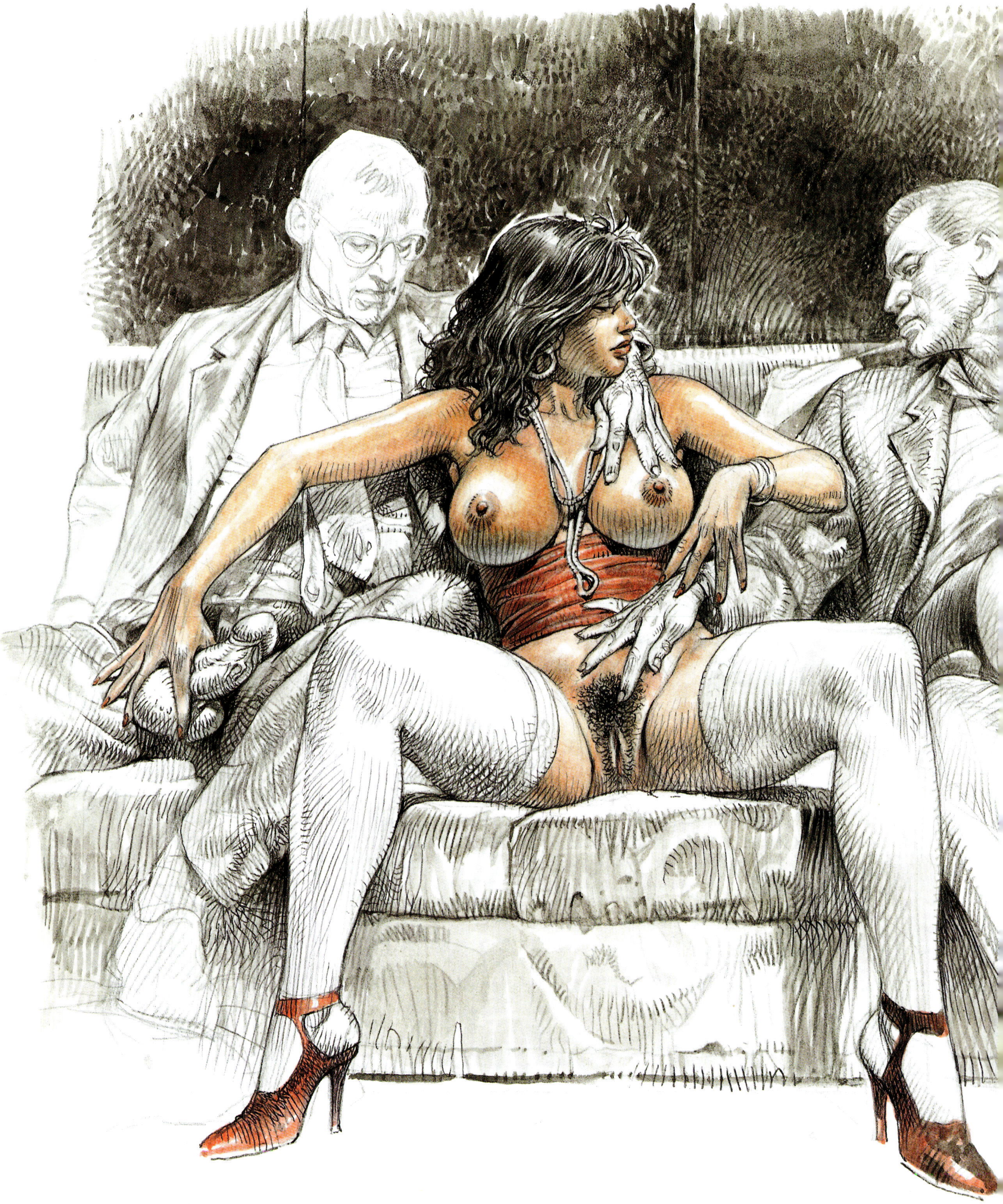

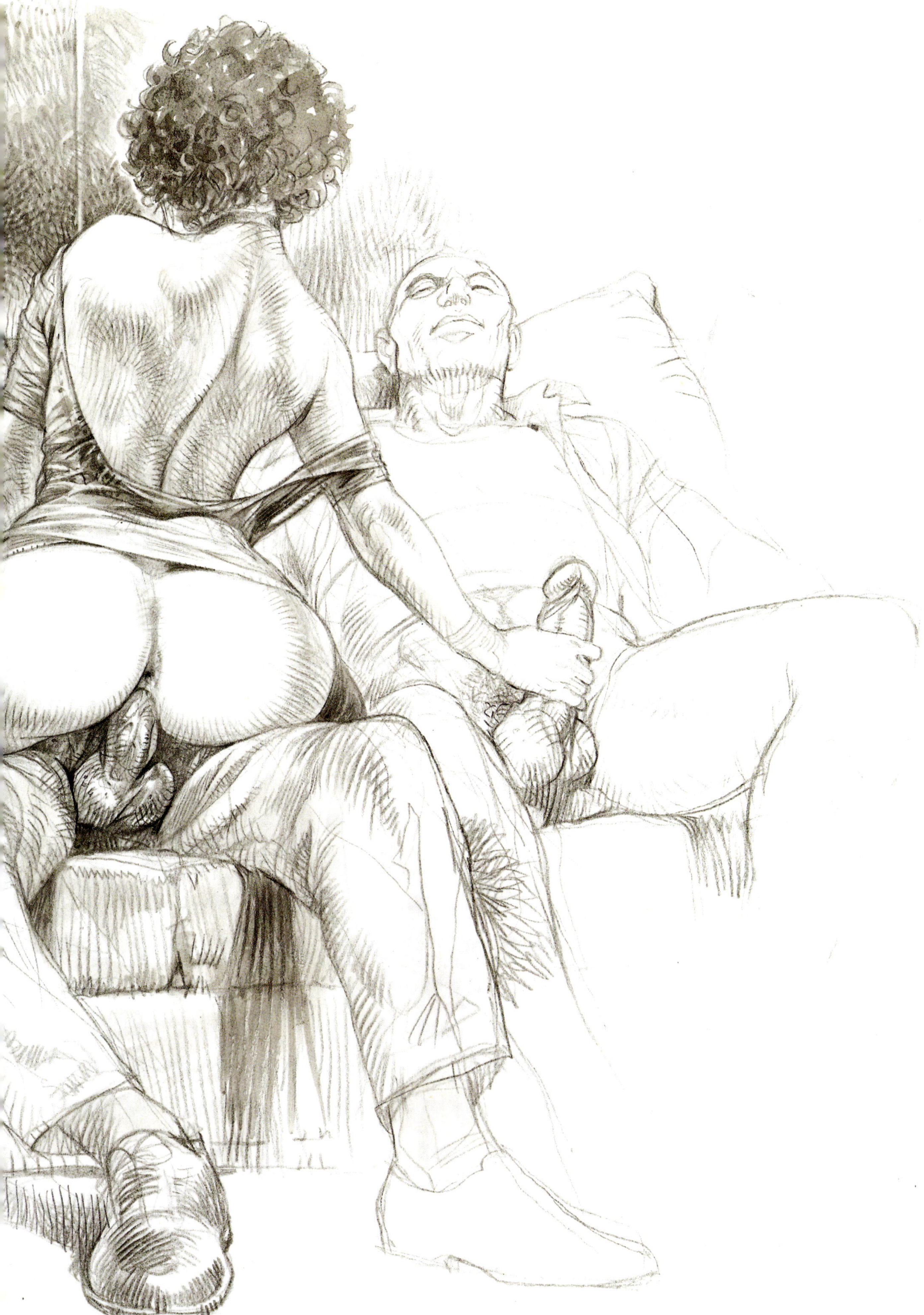

Die vier Männer auf der steinernen Bank waren fast nackt. Durch die duftenden Schwaden des Dampfbads sah man ihre aufgerichteten Glieder. Sie ging langsam auf sie zu, mit katzenhaftem, aufreizendem Gang. Ich vergaß die Kamera.

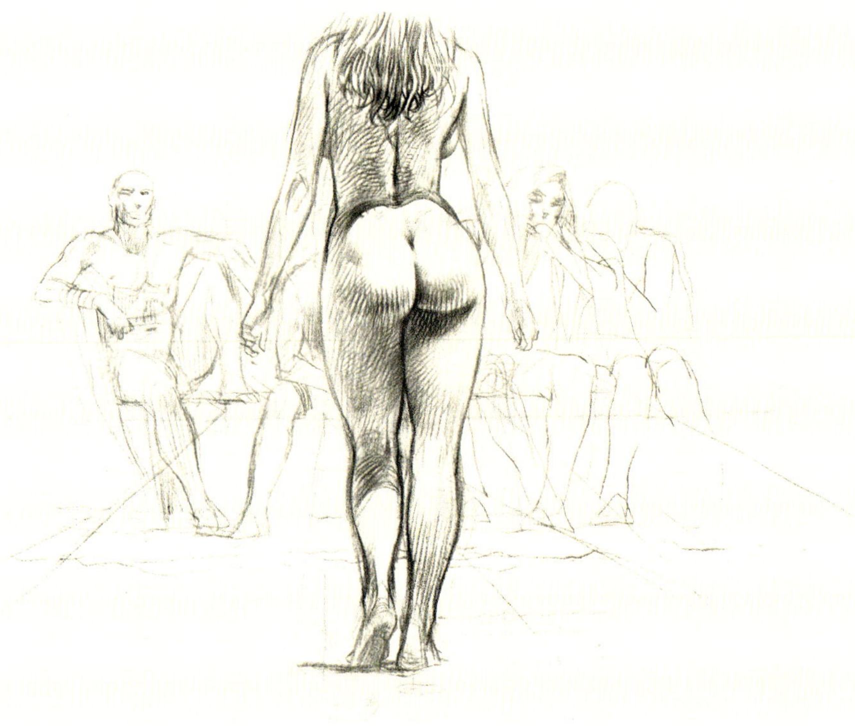

Die Atmosphäre erregte mich so, dass ich sie ebenfalls begehrte. Mit verschleiertem Blick stieß sie hervor: "Ich erwarte Sie, meine Herren, meine Gebieter, meine Hengste..."

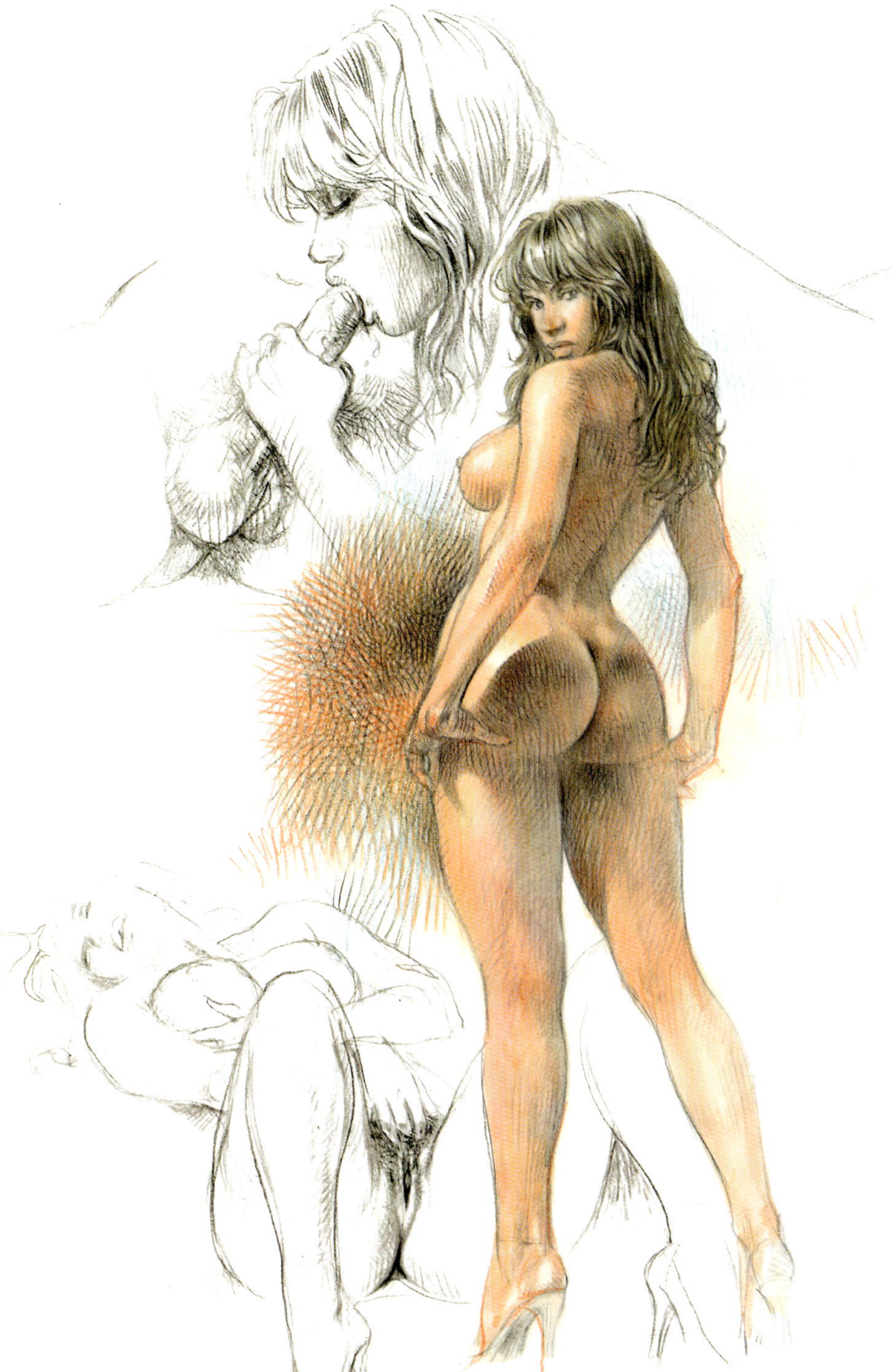

Nachdem Fulvia mehrere Stunden für "Die Frau mit der Schlange" Modell gestanden hatte, schlief sie ein. Ganz sacht näherte ich mich ihr. Ich war gerührt: Sie nuckelte im Schlaf am Daumen.

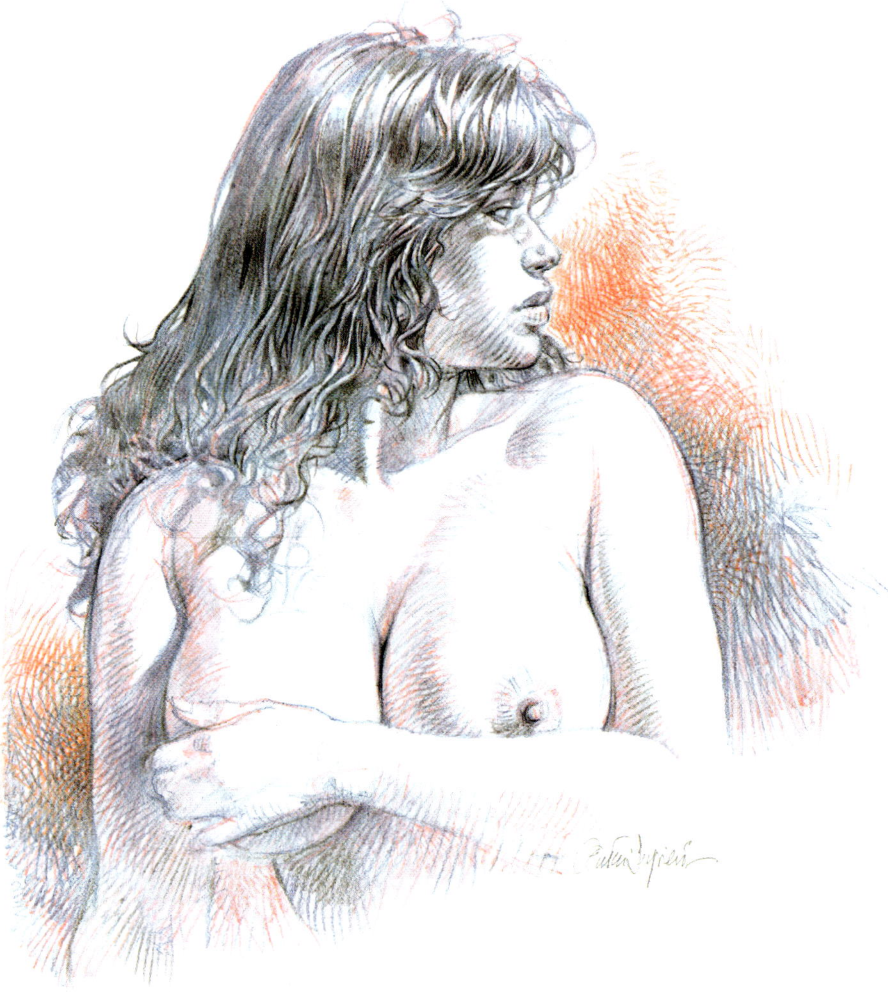

Ich ließ meine Finger durch ihr Haar gleiten, das nach Zimt duftete. Ich presste den Mund auf ihre Hinterbacken, dann glitt meine Zungenspitze in ihre feuchte, salzige Spalte.

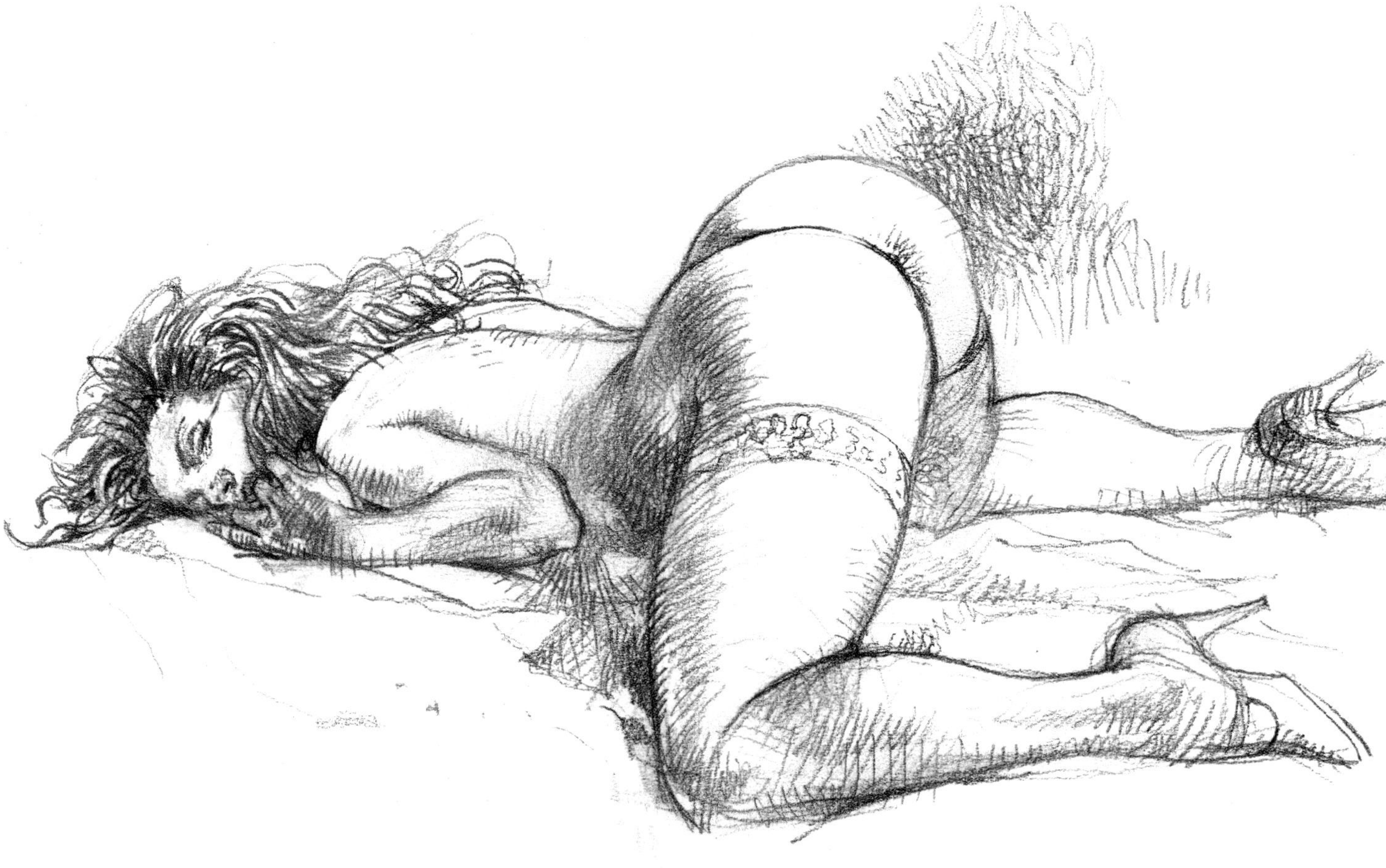

CHIEDERE A PAOLA
DI INDOSSARE QUELLE
SCARPETTE ROSSE, QUELLE
DAL TACCO SOTTILE, A SPILLO...
MI PRODUCONO UN BRIVIDO
LUNGO LA SCHIENA!

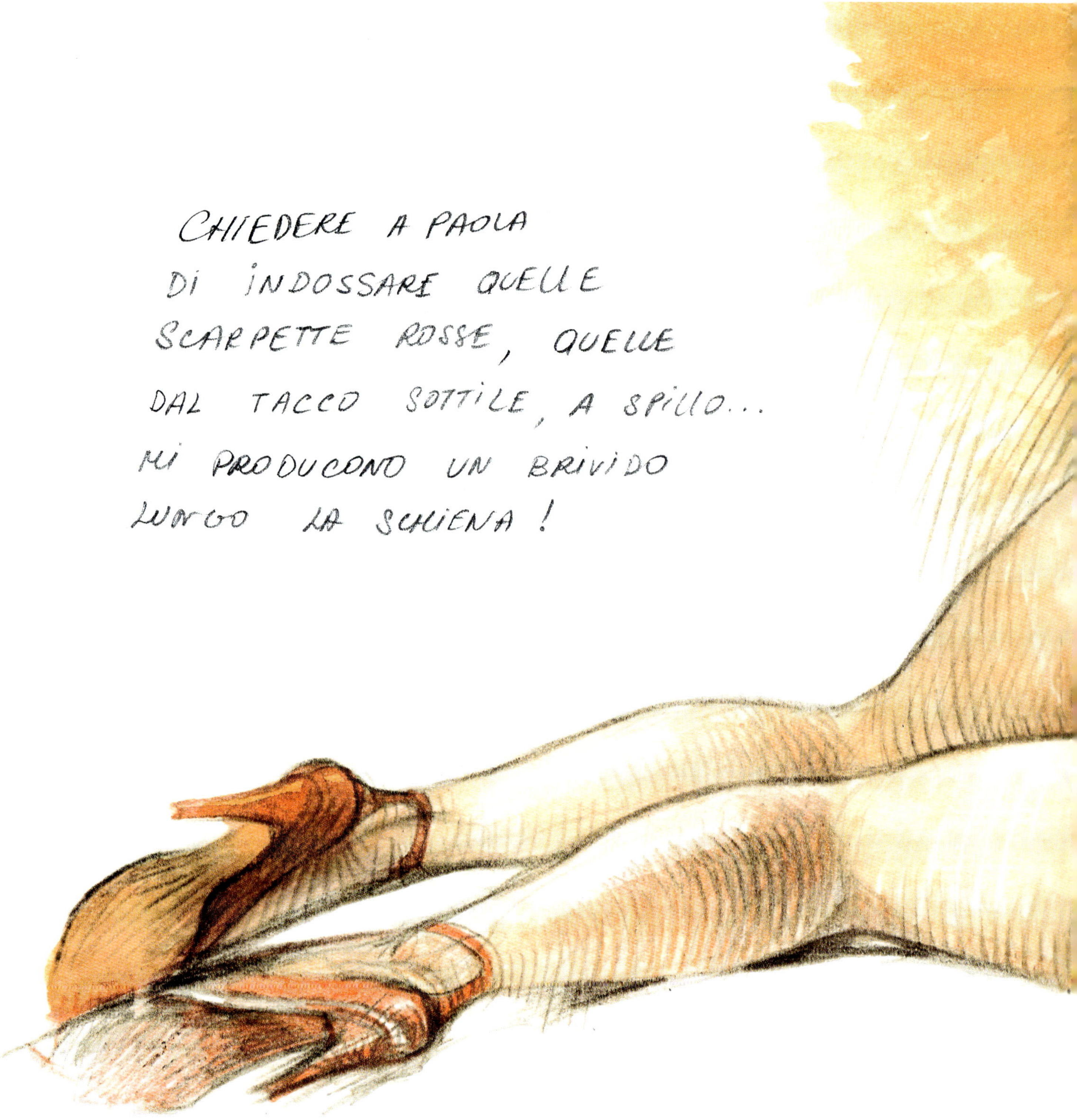

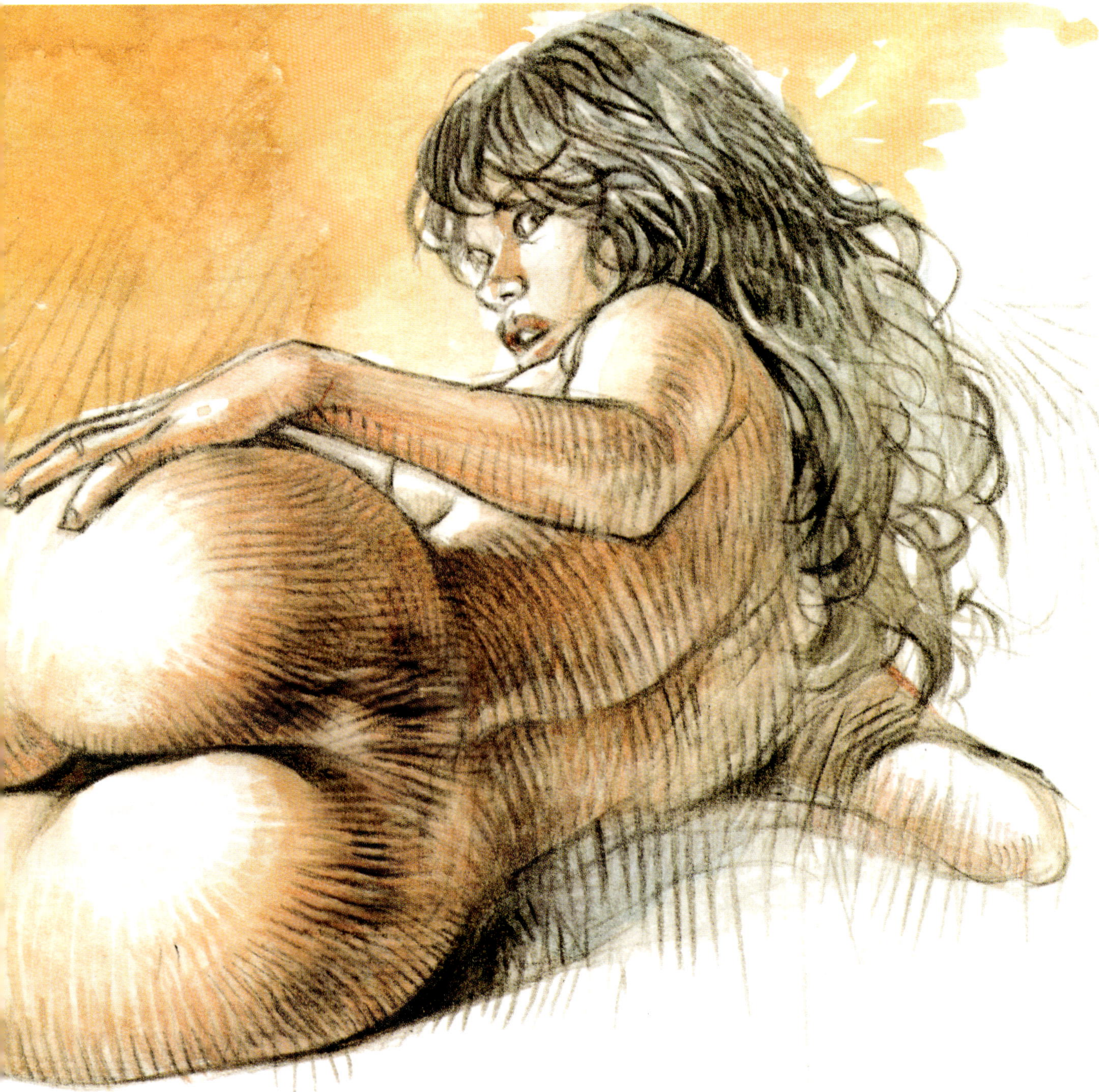

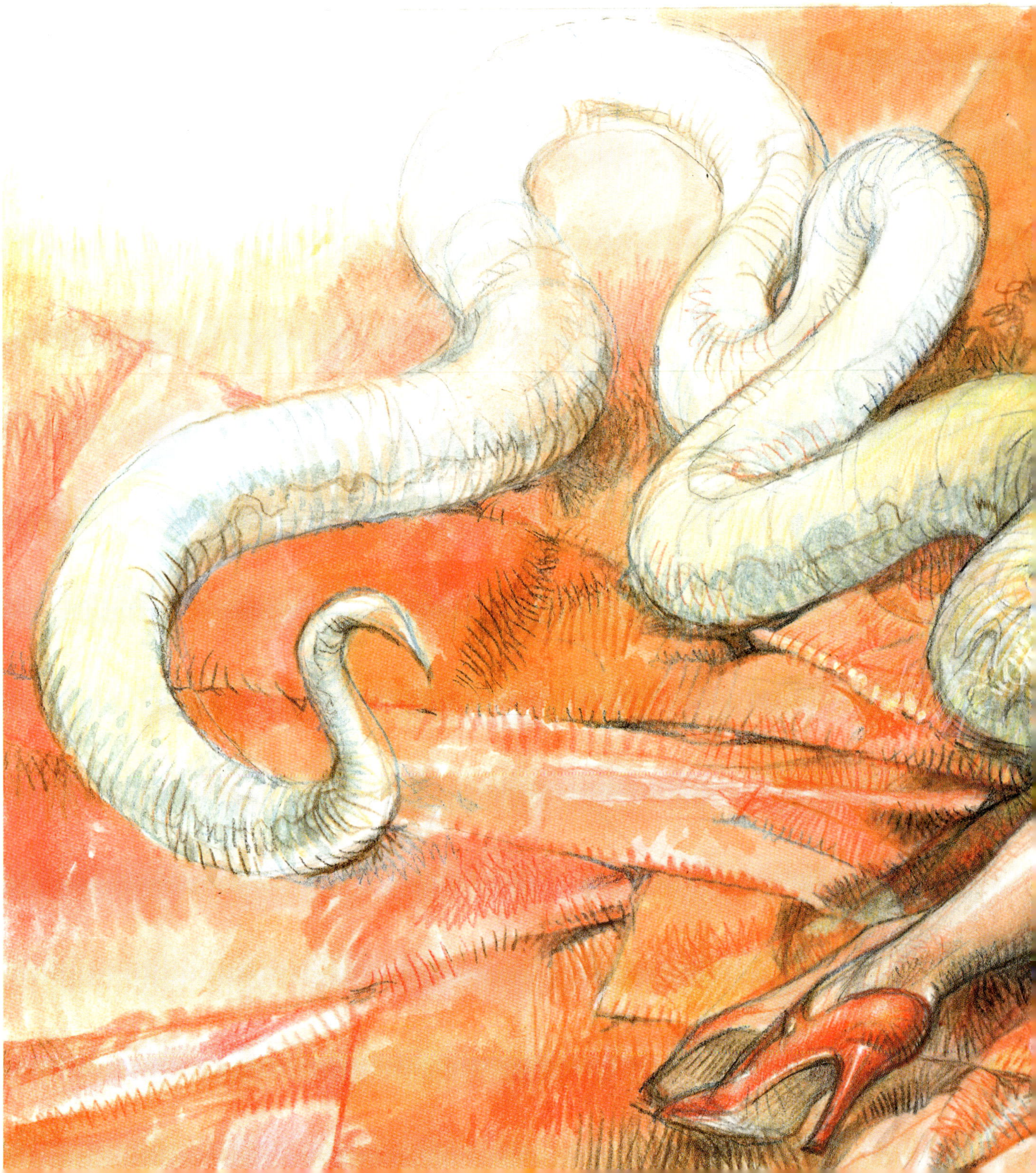

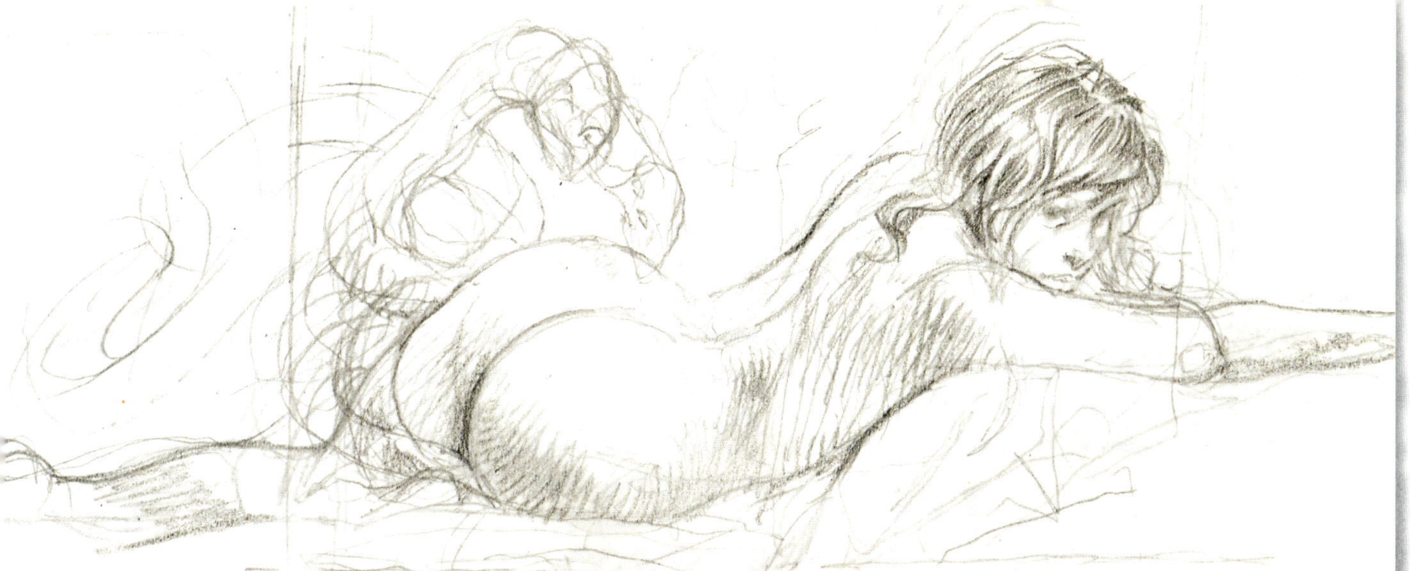

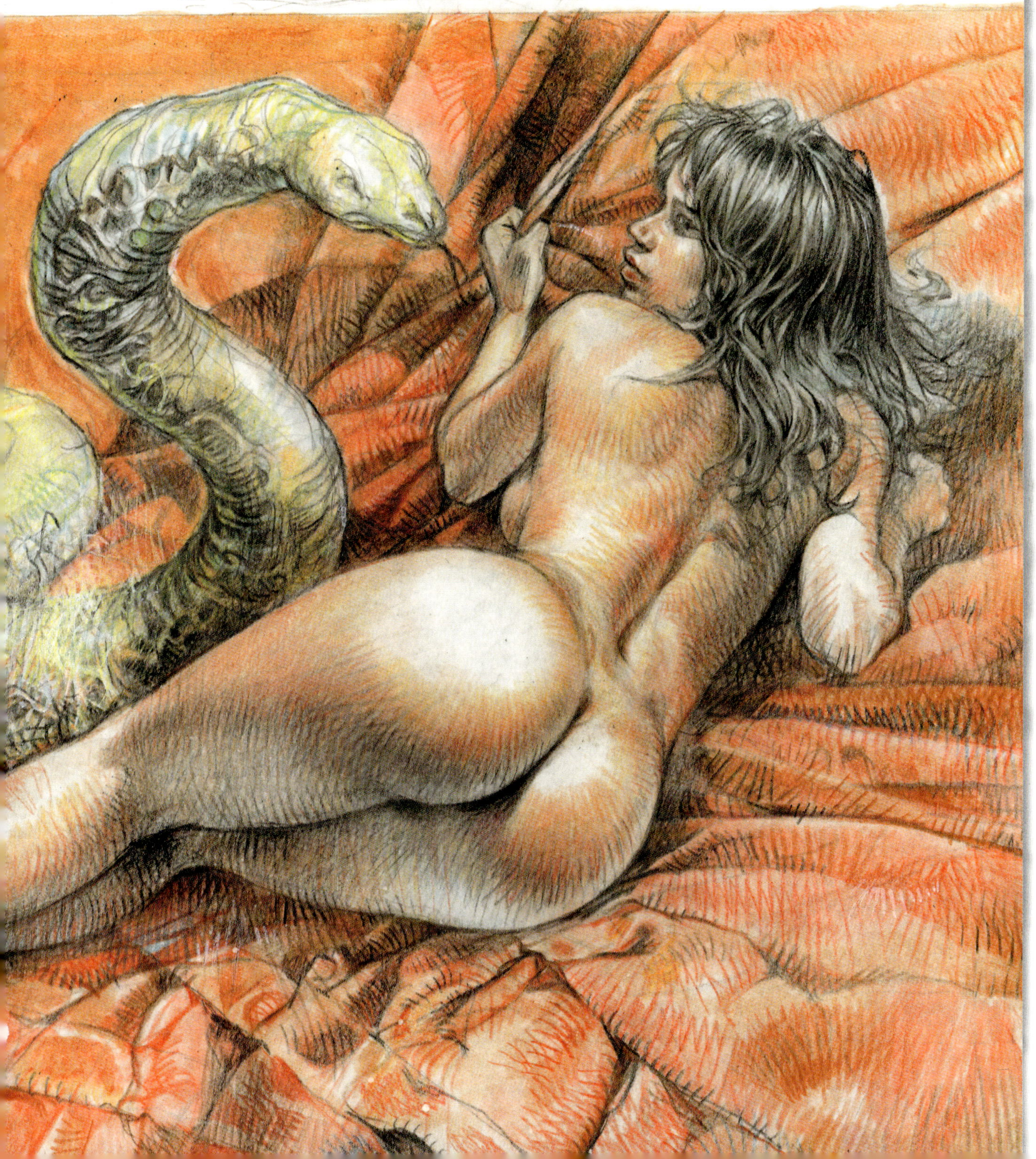

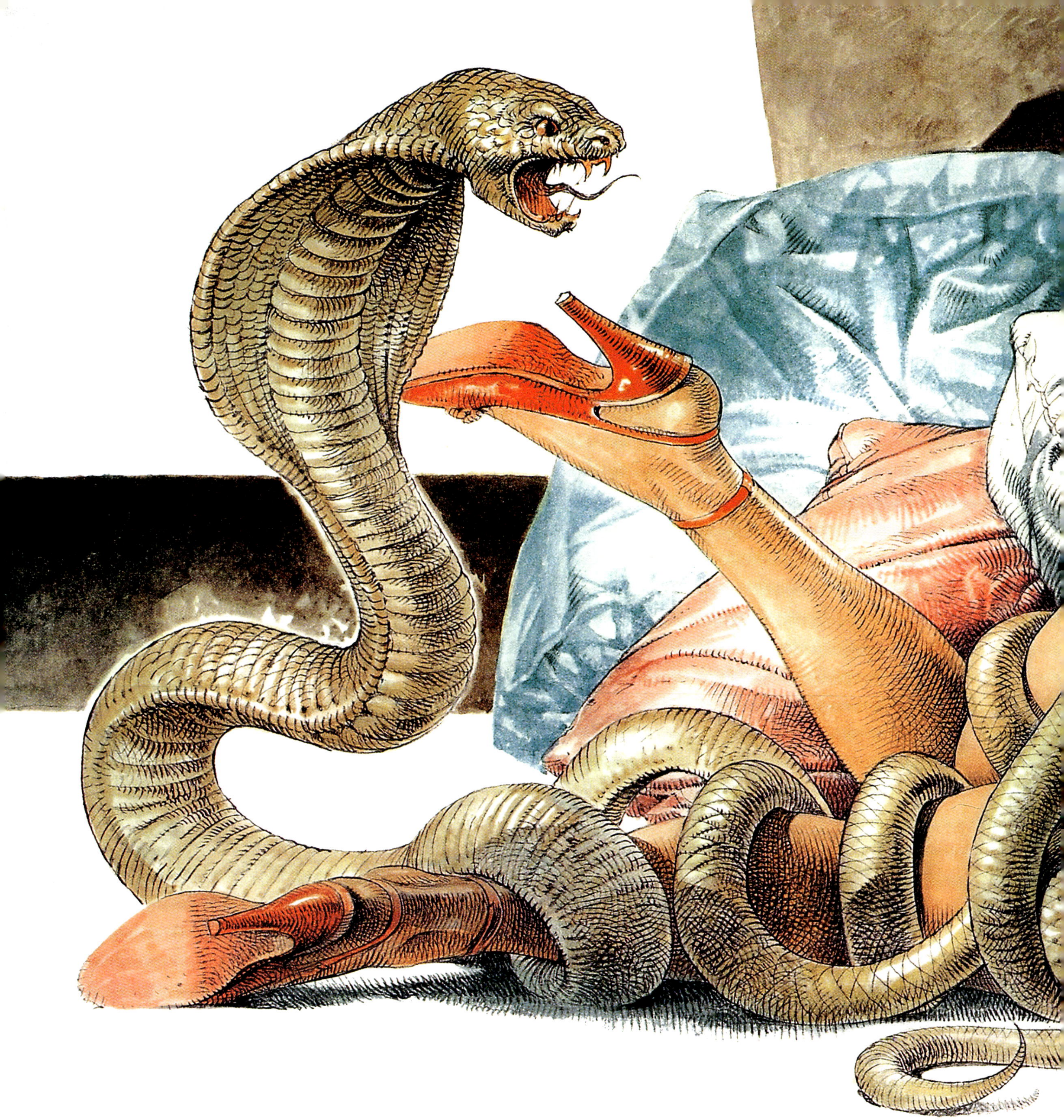

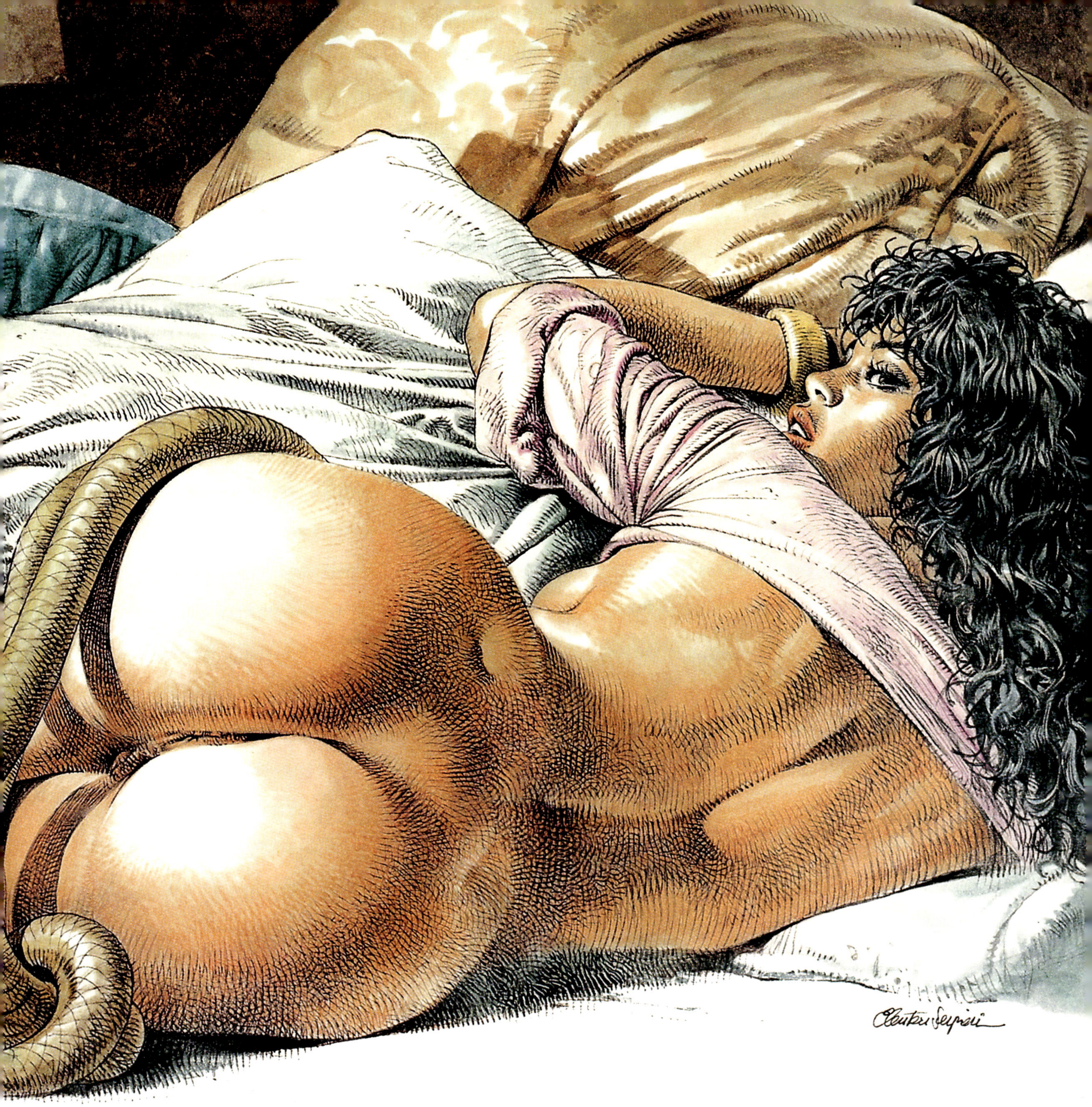

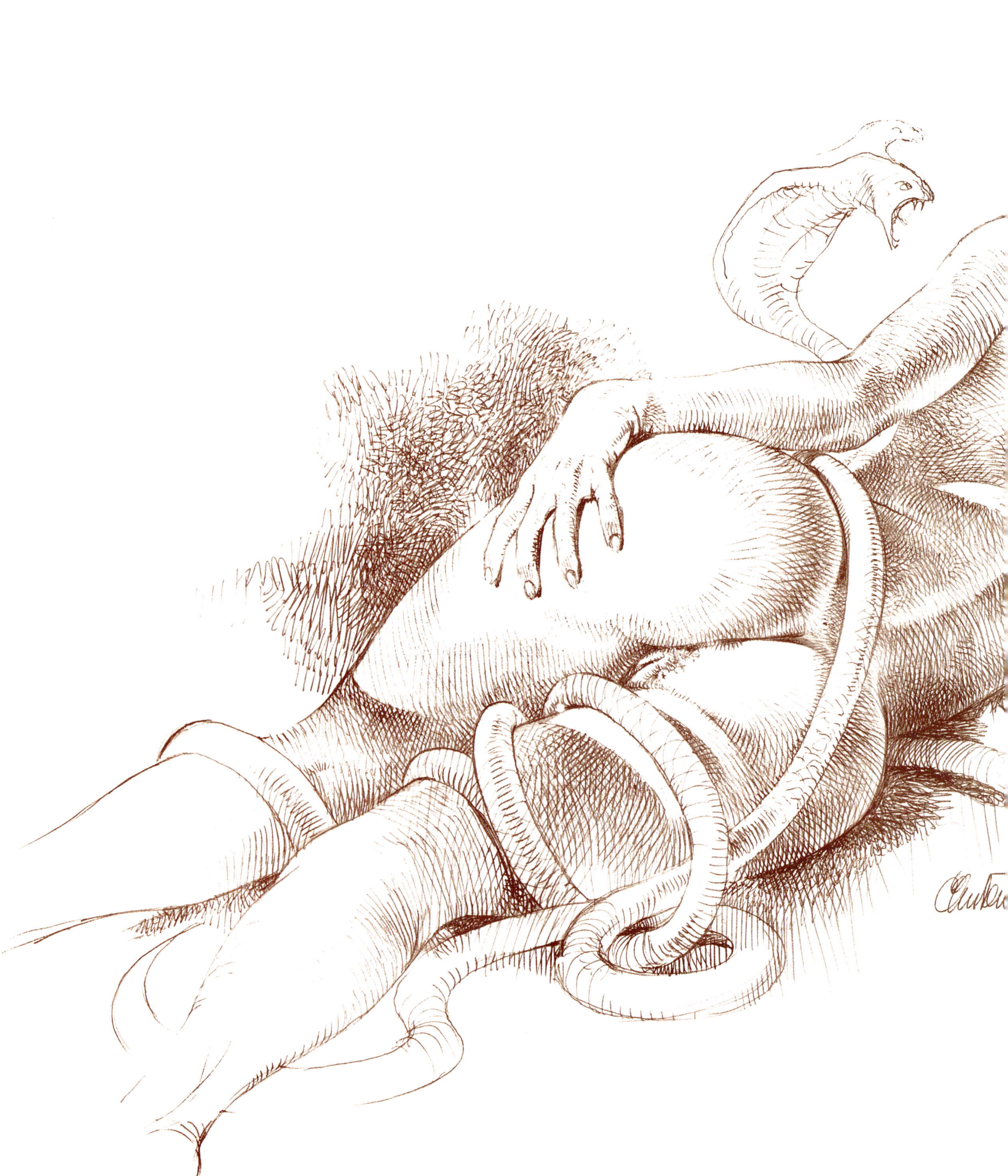

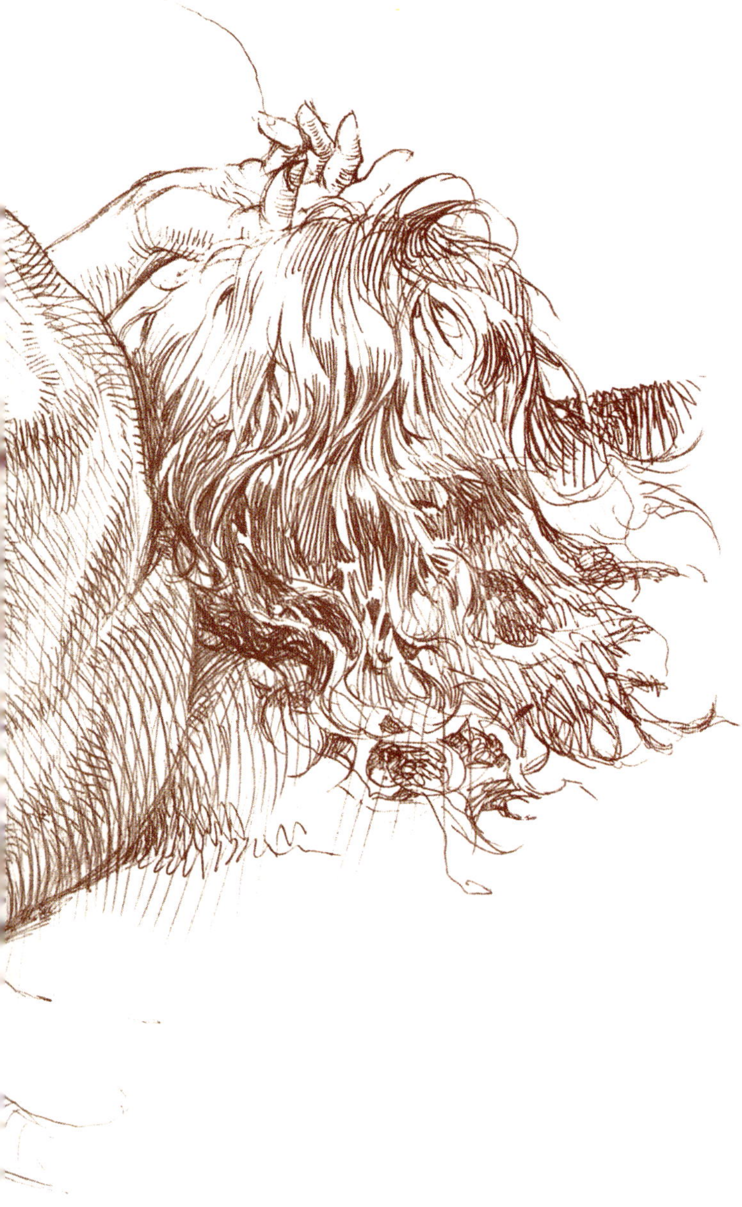

Die Wärme oder, so hoffte ich, der Reiz meiner Liebkosungen, weckte Fulvia. Sie drängte sich an mich und streichelte mich verführerisch. Dann setzte sie sich auf mein Glied und begann, sich schnell und schneller zu bewegen, bis ich vor Lust explodierte.

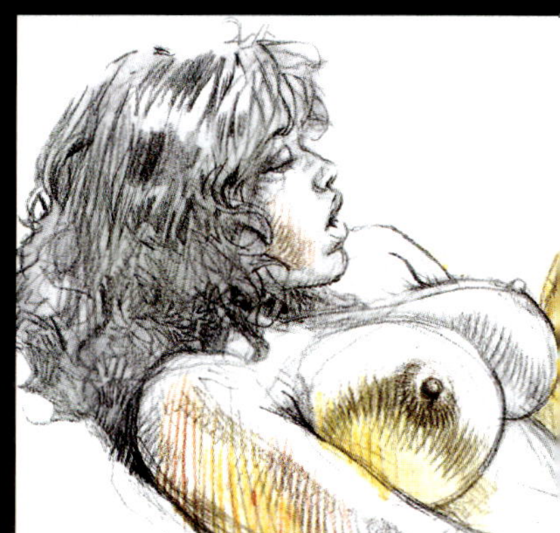

Ich weise den Gedanken weit von mir, dass Lust etwas mit Sünde zu tun habe.

Ich liebe Frauen, ich fühle mich ihnen nah. Ich arbeite sehr bildhauerisch, mit Formen, Sinnen, Empfindungen. Für mich hat die Darstellung von Geschlechtsteilen

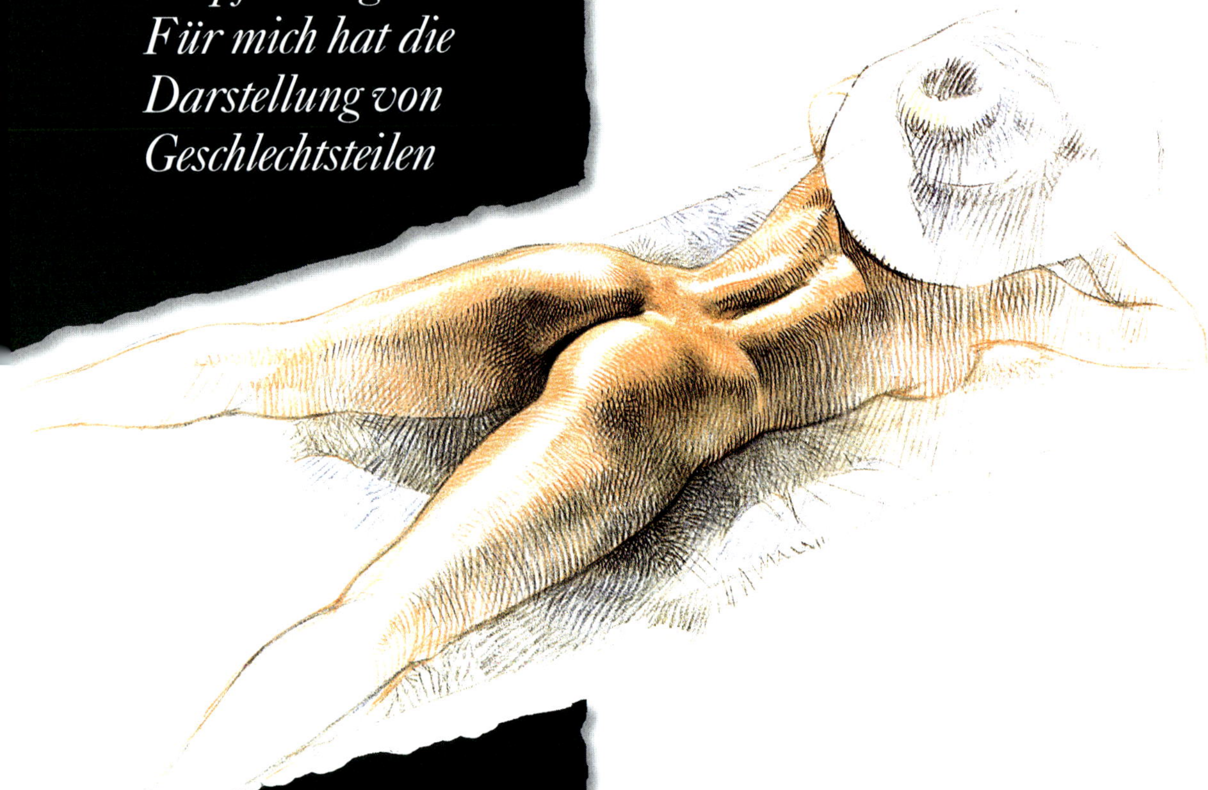

nichts Vulgäres, sie sind ein Bild des Lebens.

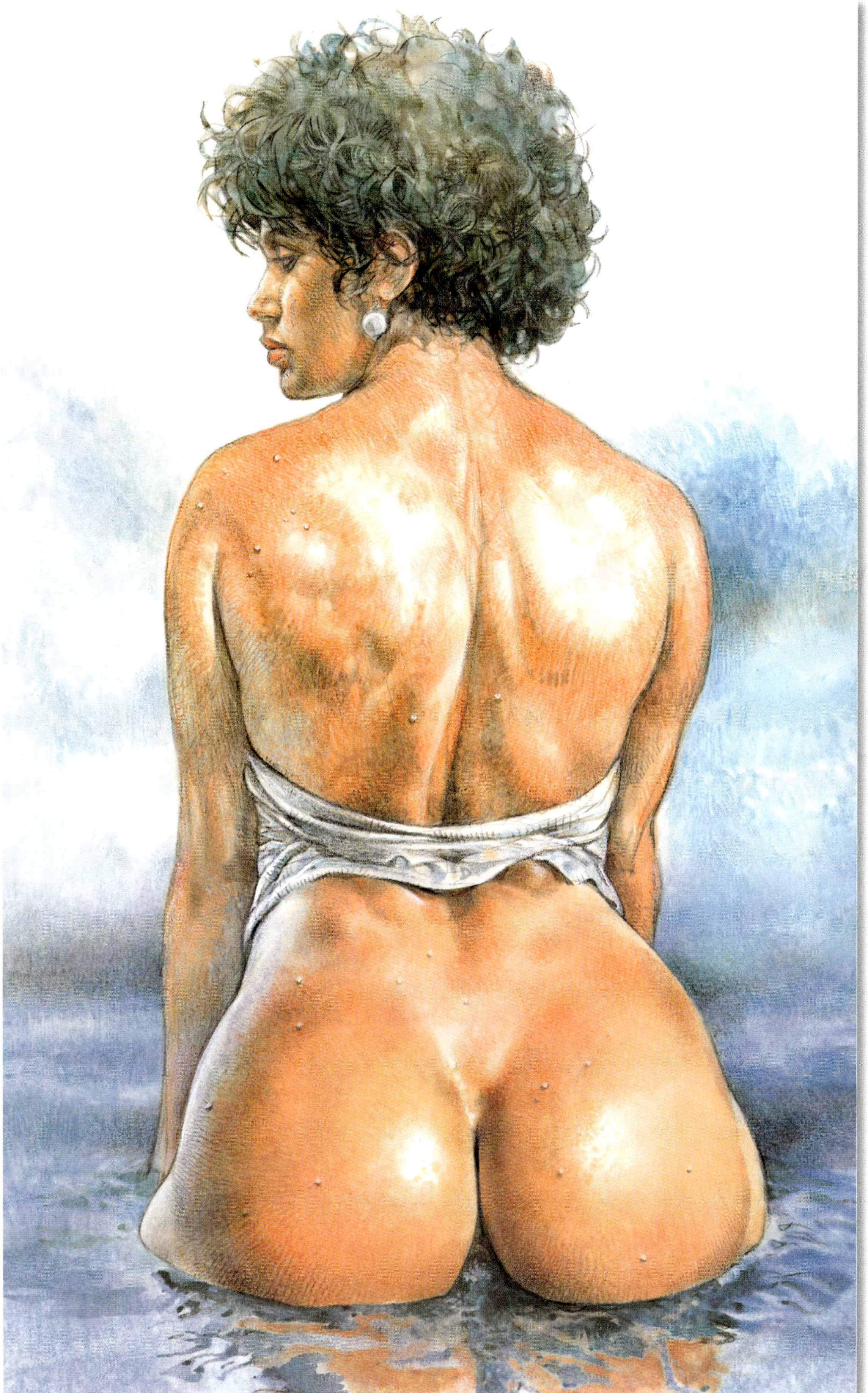

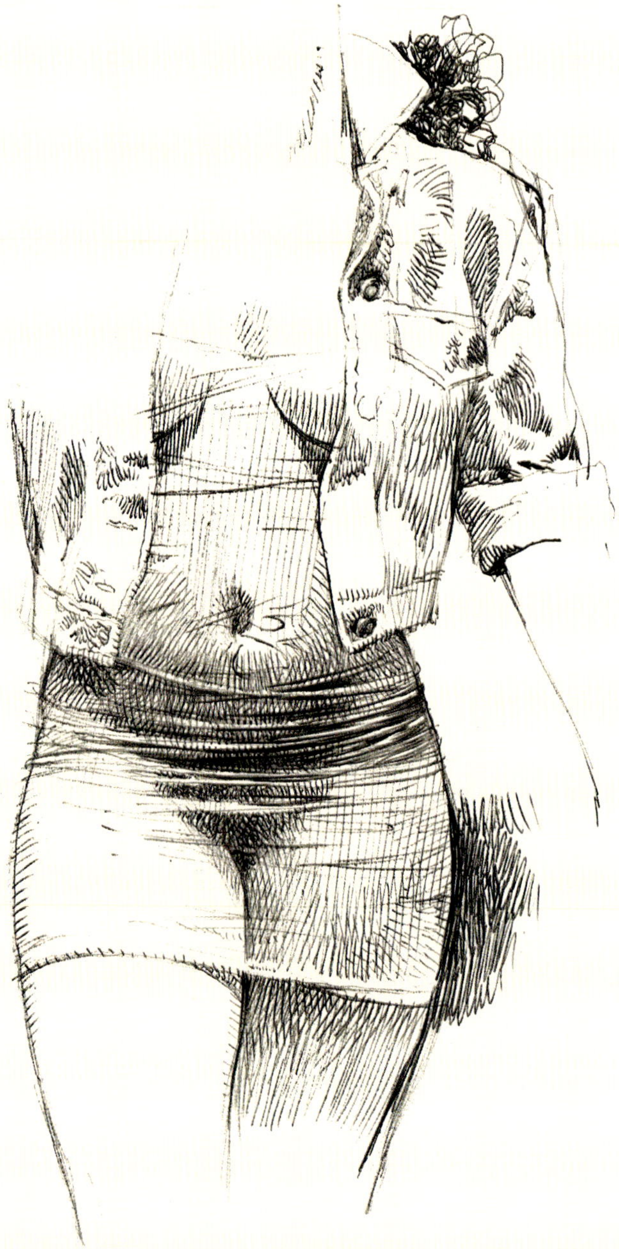

Auf der Straße drehe ich mich oft um nach einem bestimmten Hüftschwung, einem Gang. Der Hintern ist mir nach wie vor der liebste Teil der Anatomie. Ich erinnere mich an eine reizvolle, aber frustrierende Begegnung. Ich sah in ein Schaufenster, als ich ihr Spiegelbild erblickte. Ich war hingerissen. Sie trug ein kurzes, leicht durchsichtiges Kleid. Das Sonnenlicht schimmerte durch den Stoff und zeigte mir ihre Nacktheit:

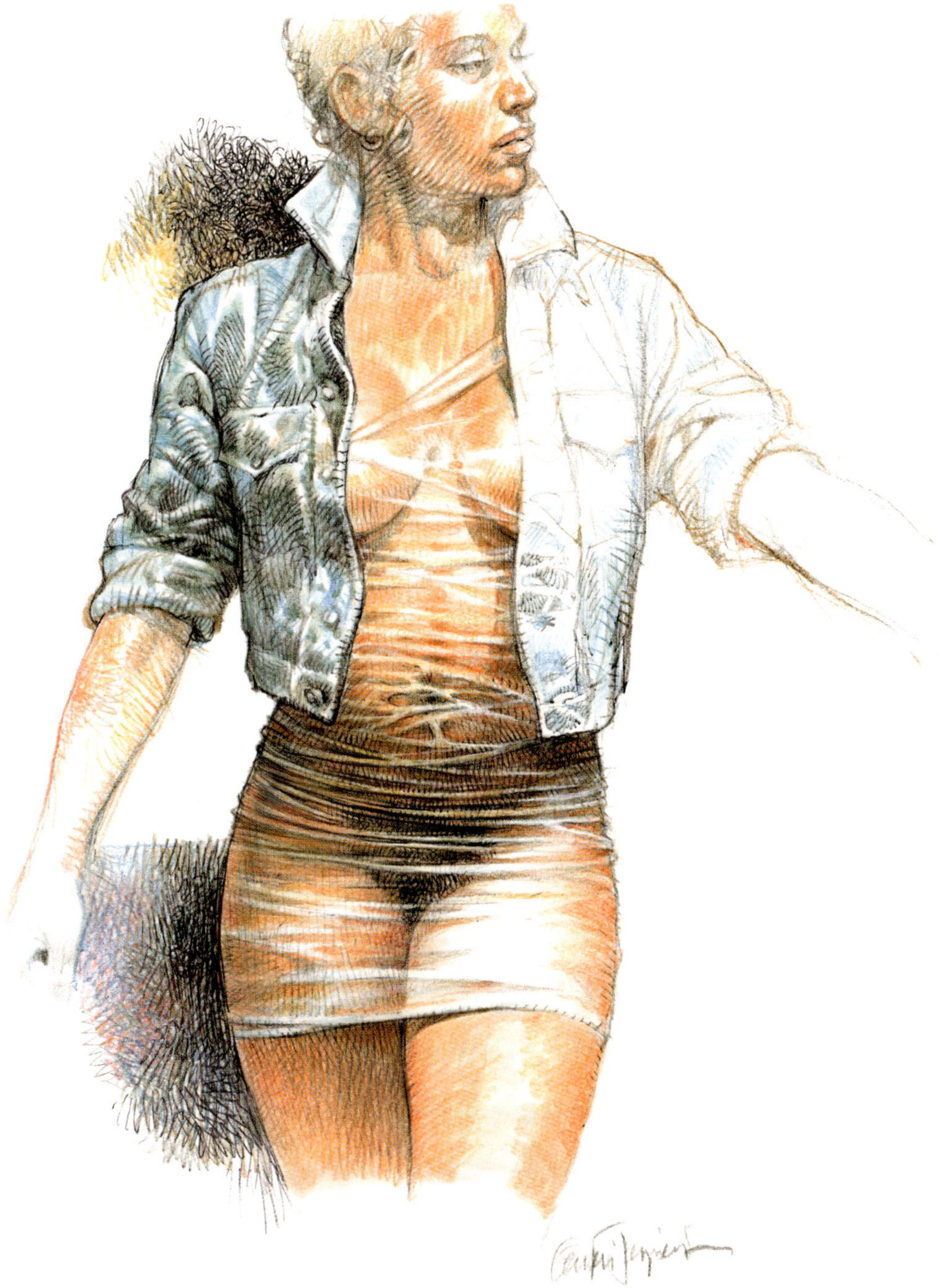

Ihre festen, hoch angesetzten Brüste, ihren runden Bauch, ihr buschiges Dreieck, ihre schlanken Schenkel. Sie balancierte mit schwingenden Hüften auf ihren hohen Absätzen hinter mir vorbei, sich ihrer Schönheit bewusst, und ließ mir als Erinnerung nur ihren erregenden, würzigen Duft. Eilig ging ich ins Atelier zurück und griff nach meinem Skizzenbuch, um dieses bestürzende, flüchtige Bild festzuhalten.

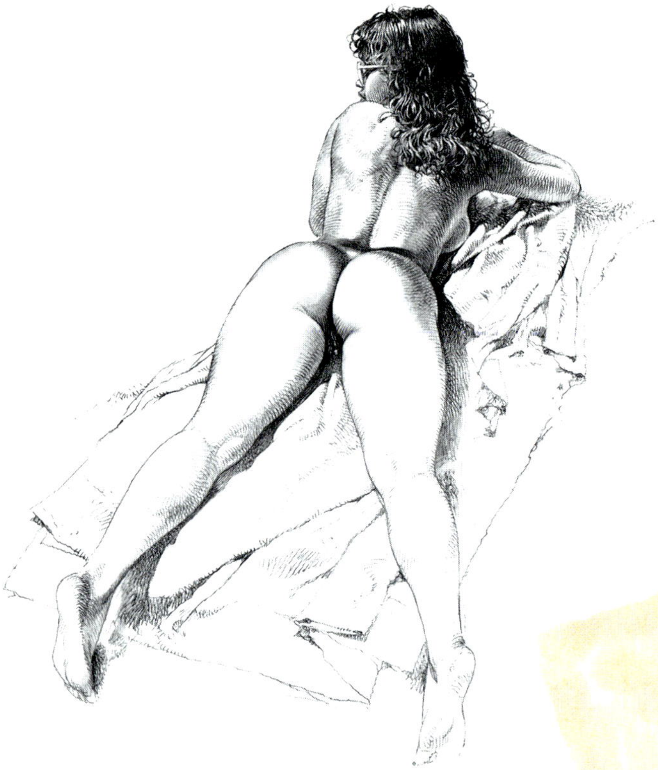

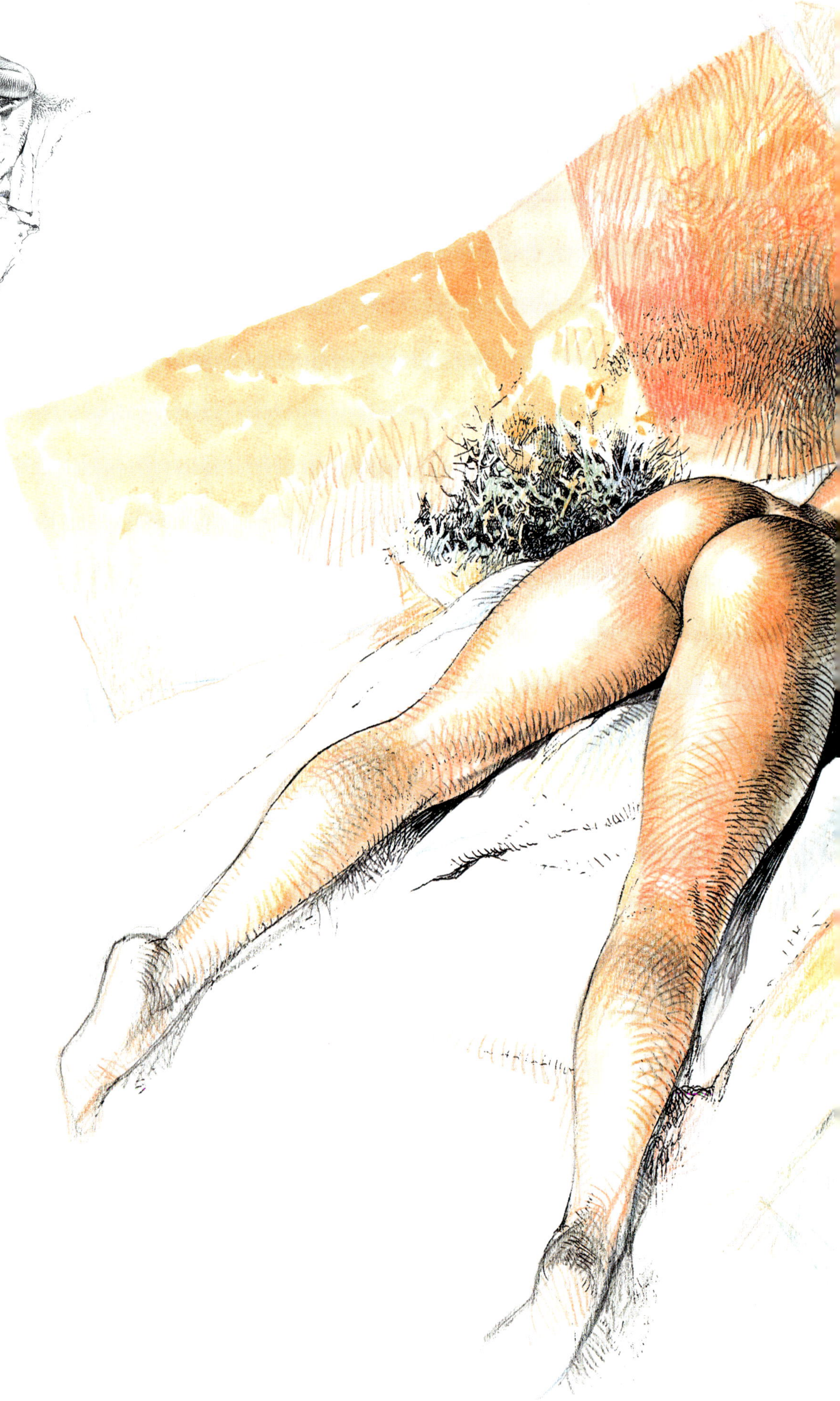

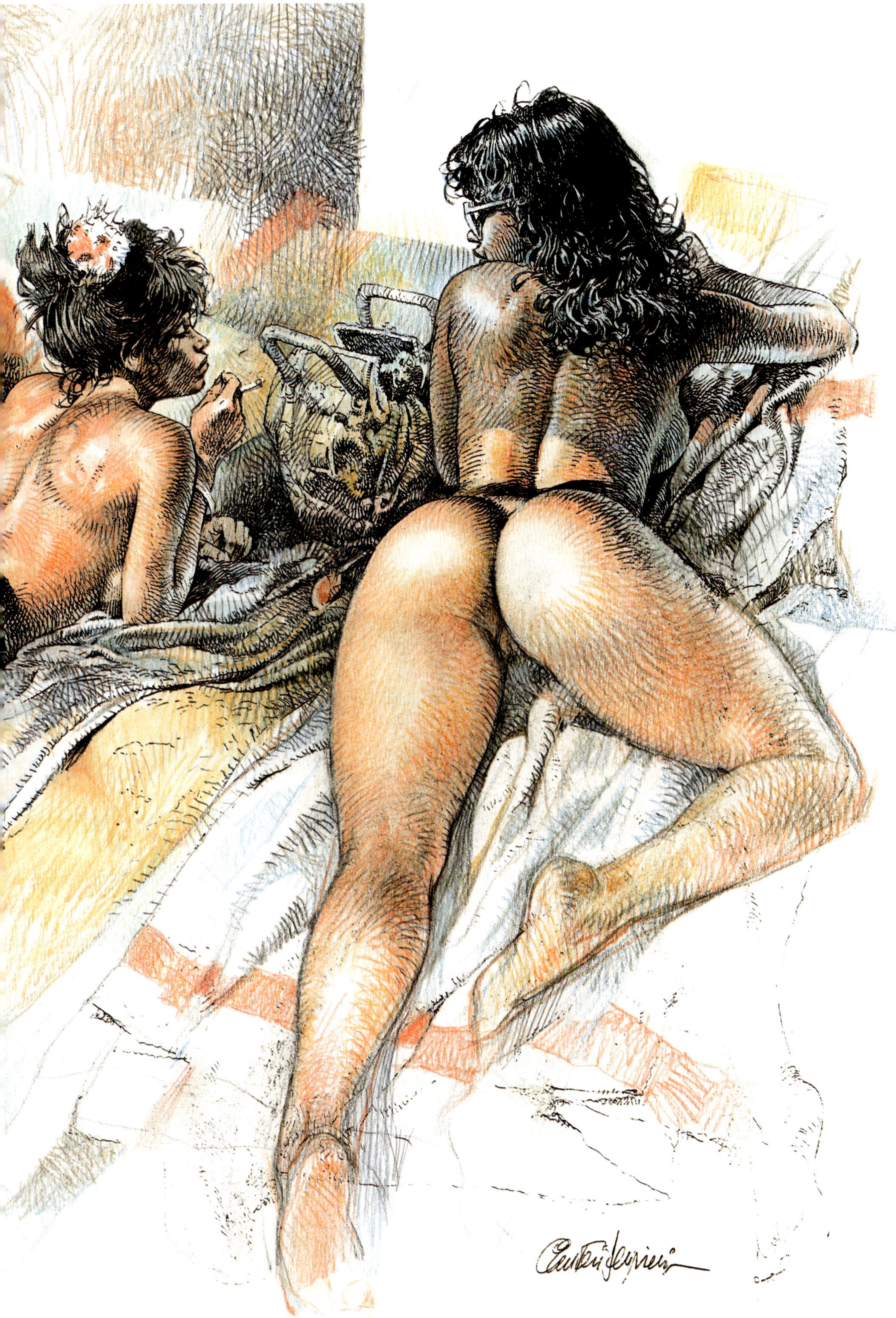

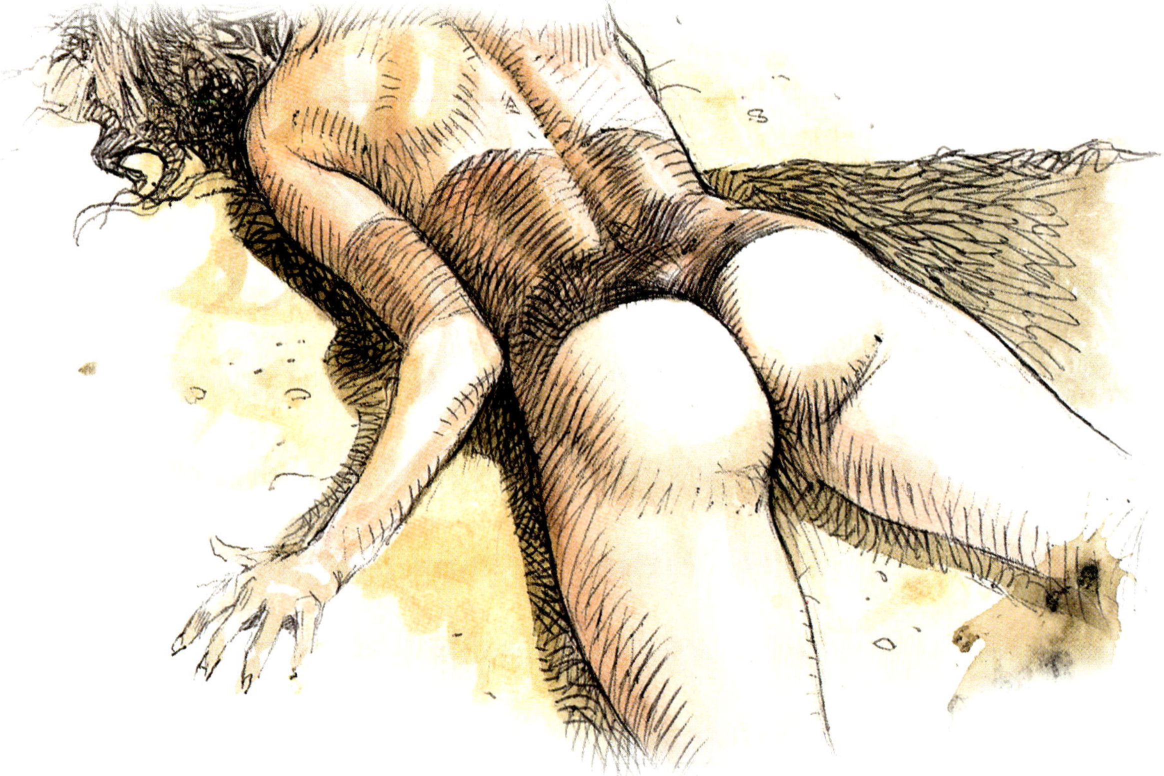

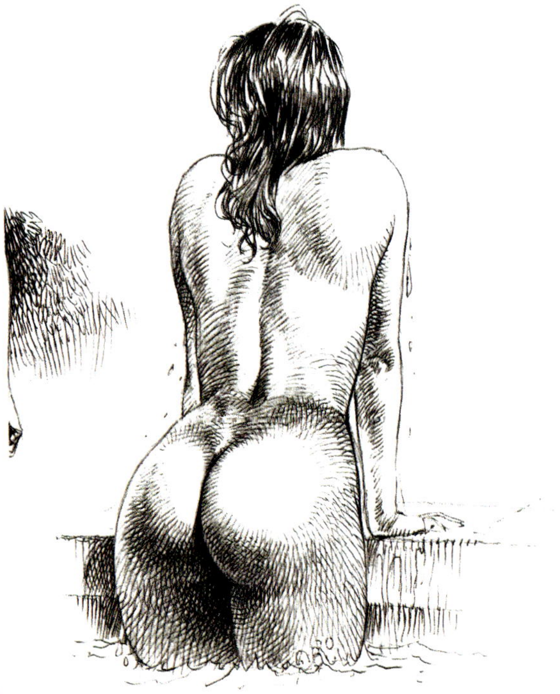

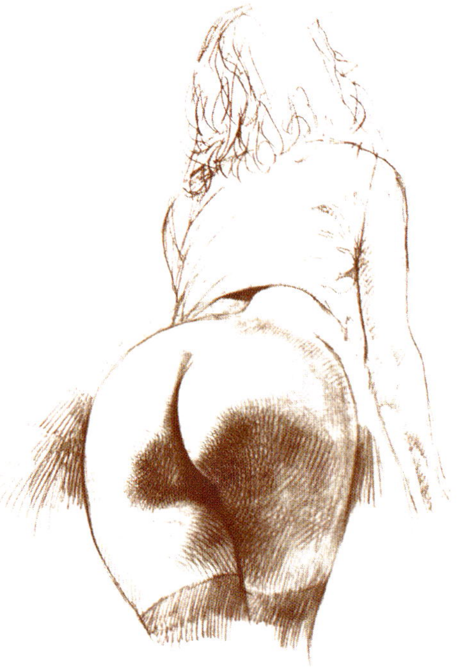

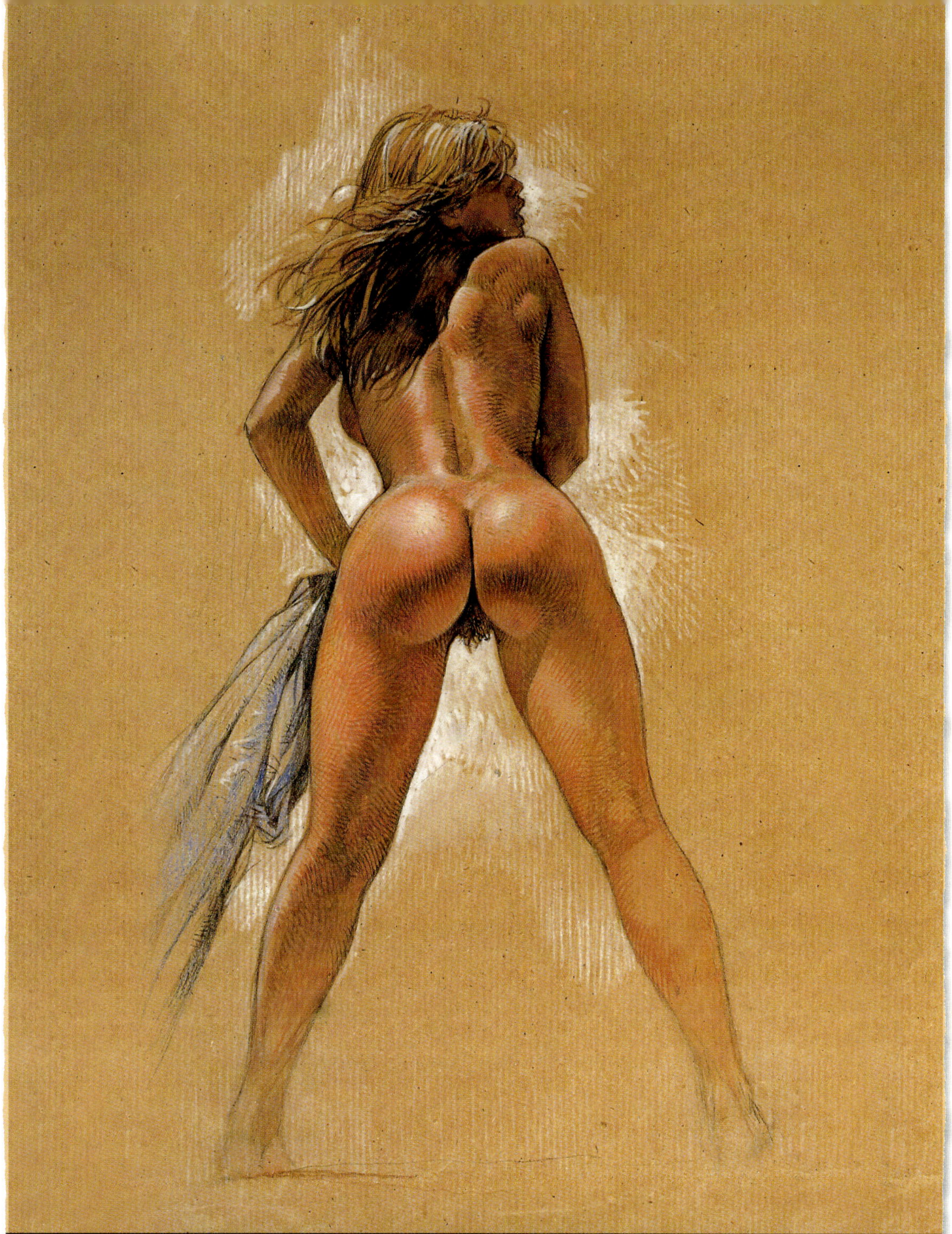

Meine Skizzen wecken in mir die Sehnsucht nach den Sommern, wenn die Frauen ihre eingölten, honigfarbenen Körper auf dem heißen Sand ausstrecken. Die Sonnenhitze macht sie begehrlich und unbewusst nehmen sie einladende Posen ein: ein Bein angezogen, so dass man ein goldbraunes Dreieck sieht, herausfordernd aufgereckte Hintern, wenn sie auf Knien ihr Handtuch ausbreiten.

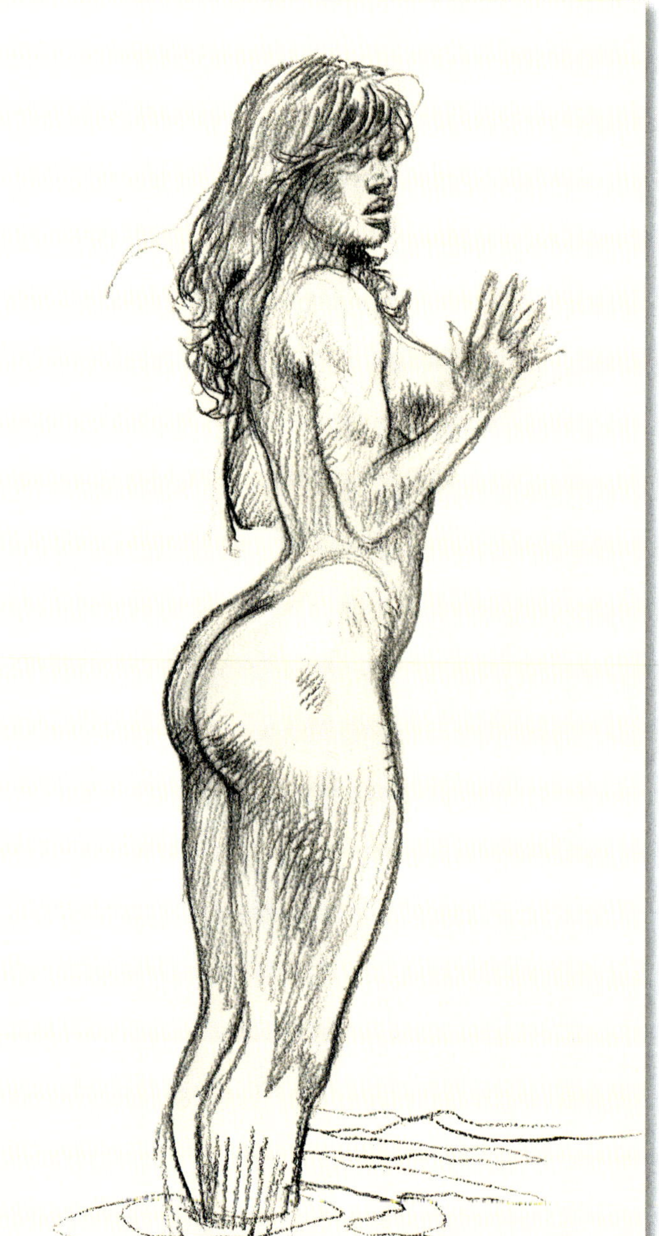

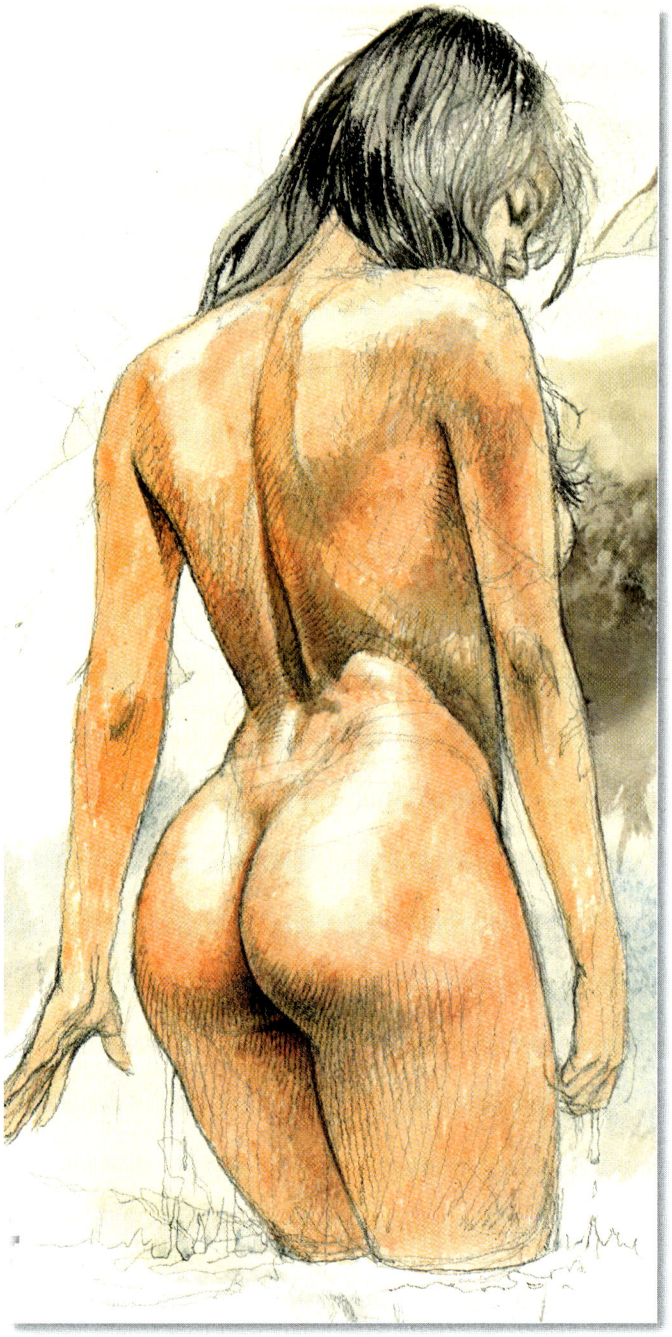

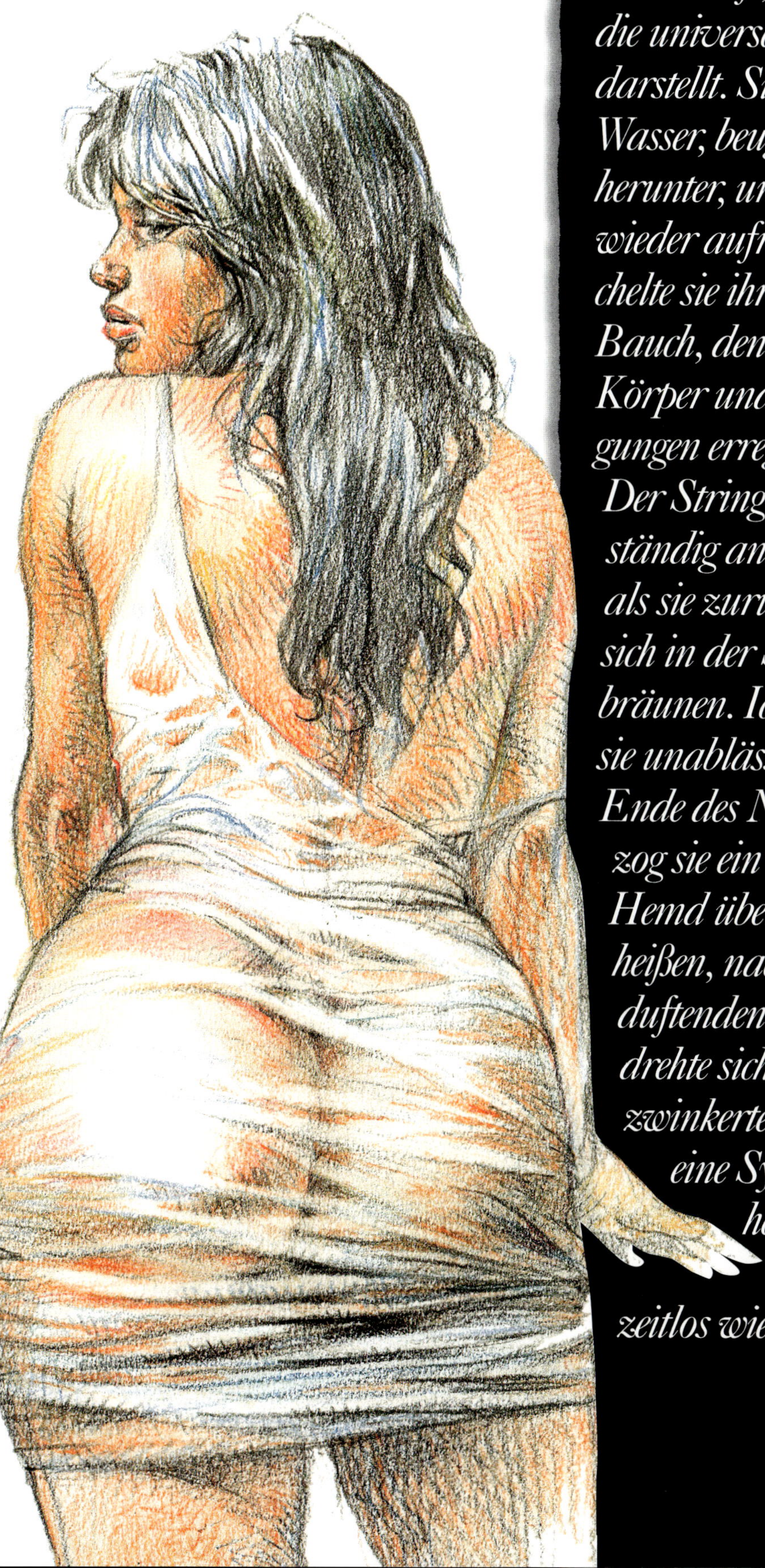

Sie trug nichts als einen roten String-Slip, der mich sofort an Druuna denken ließ, die für mich die universelle Frau darstellt. Sie ging ins Wasser, beugte sich herunter, und als sie sich wieder aufrichtete, streichelte sie ihre Brüste, den Bauch, den Hintern. Ihr Körper und ihre Bewegungen erregten mich. Der String klebte unanständig an ihrer Scham, als sie zurückkam, um sich in der Sonne zu bräunen. Ich zeichnete sie unablässig. Gegen Ende des Nachmittags zog sie ein durchsichtiges Hemd über ihren heißen, nach Meer duftenden Körper, drehte sich um und zwinkerte mir zu. Sie ist eine Symbolfigur der heutigen Erotik und doch zeitlos wie die Lust.

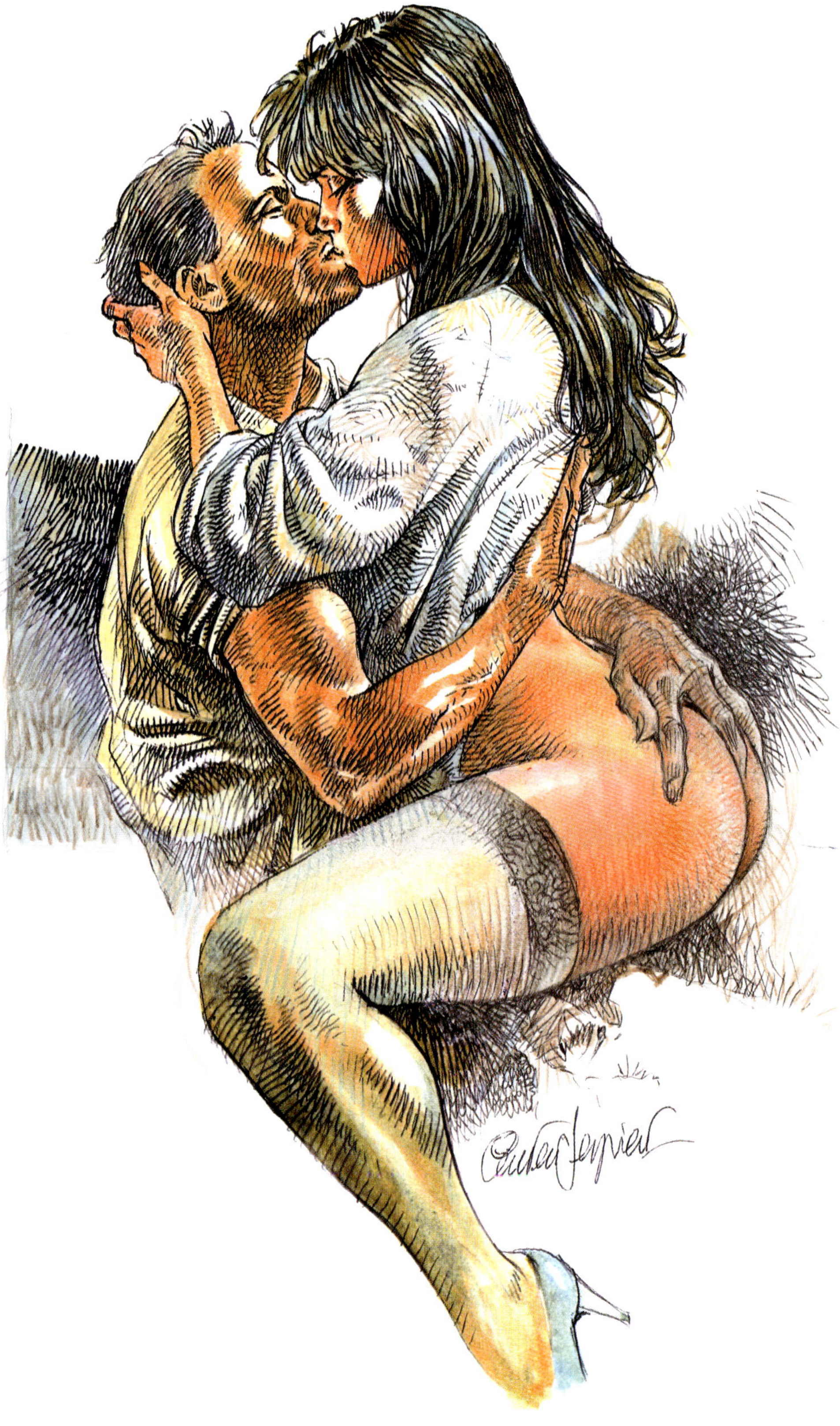